Der schwarze Sog

Horrorgeschichten für schlaflose Nächte

Insel Verlag

Erste Auflage 2021
insel taschenbuch 4873
Originalausgabe
© Insel Verlag Berlin 2021
Vertrieb durch den Suhrkamp Taschenbuch Verlag
Umschlaggestaltung: zero-media.net, München
Umschlagfoto: Magdalena Russocka/Trevillion Images, Brighton;
FinePic®, München
Satz: Greiner & Reichel, Köln
Druck: CPI books GmbH, Leck
Printed in Germany
ISBN 978-3-458-68173-1

INHALT

ANNABELLE HIRSCH
Das Aquarium

Am Anfang dachte ich, sie würden sich paaren. Der Hummer lag auf dem Rücken eines anderen Hummers und wälzte dessen Körper mit seinen großen, braunroten Scheren wild hin und her. Ich weiß nicht, wie Hummer sich paaren, beim Zusehen dachte ich: womöglich genau so. Etwas grob, viel zu eilig, nicht liebevoll, aber effizient. Immerhin. Doch dann passierte etwas Ungewöhnliches: Der passive Hummer lag nun auf dem Rücken, seine braunroten Scheren baumelten leblos über seinem Kopf, wie die einer bewusstlos getrunkenen Frau, da hievte sein Freund sich seitlich auf ihn und begann mit seinen Brustscheren auf ihn einzuhämmern. Er zog seine dünnen Arme ein und wieder aus, wie kleine Messer, die man unter seinem Mantel zückt, zielte präzise auf den Bauch und schlug zu. Einmal, zweimal, immer wieder, in kurzen, abgehackten Bewegungen. Er zwickte und kratzte, seine Fühler schlugen unkontrolliert, wie in schierer Ekstase in alle Richtungen aus, er hörte nicht auf, bis die Schale seines Freundes schließlich platzte. Ich hatte so etwas noch nie gesehen.

Im Fischgeschäft, das weiß ich natürlich, bindet man den Hummern ihre Scheren zu. Man legt ihnen eine Zwangsjacke an, so wie den Irren im Asyl, weil man weiß, dass sie die Nähe der anderen nicht ertragen. Die Promiskuität macht sie wahnsinnig, so hat man mir das einmal erklärt, sie können gar nicht anders, als zuzubeißen. Es ist ein Impuls, ein Überlebensreflex, sich retten, egal wie, sei es durch Mord. Ich kann das bis zu einem gewissen Punkt verstehen. Die Anderen, die Nähe, das alles ist ja auch schwierig. Nur handelt es sich hierbei keineswegs um ein überfülltes Bassin in einer kalten Poissonnerie. Ganz im Gegenteil. Es ist ein hübsches Aquarium mit reichlich Platz, der Boden ist mit leuchtend weißen Kieseln ausgelegt, in der Mitte sitzt ein Stein wie ein Felsen im Meer. Es gibt sogar eine Alge, sie wiegt sich mit den Bewegungen des Wassers sanft hin und her. Die Tiere sind hier nicht zu zwanzigst, sondern nur zu dritt, oder besser gesagt, sie sind zu dritt gewesen, bis das Liebesspiel der beiden sich als Tötungsakt entpuppte.

Der Dritte im Bunde hockt hinter dem Felsbrocken und bewegt sich kaum. Er guckt, als würde er sich für das Geschehen nicht sonderlich interessieren. Wahrscheinlich ist er eingeweiht, wahrscheinlich war all dies schon seit dem Morgen, seitdem sie hierherverfrachtet wurden, geplant. Ein Mord im Krustentier-Bassin. Schauerlich. Sein Kumpane sitzt noch immer auf dem Körper seines Opfers und reißt die Wunde nun noch weiter auf. Er schiebt die Schale wütend zur Seite, bis das Innere nach außen ragt, wie bei einer Frucht, und bohrt seine Scheren tief hinein. Er spickt kleine Stücke des Fleisches heraus, zupft und rupft immer hastiger, rüttelt an diesem toten Körper, zieht weiße Fetzen aus diesem Leib und wirft sie sich in sein hektisch auf und zu klaffendes Maul. Zwei winzige Messer schieben sich darin rein und wieder zur Seite, sie hacken das kostbare Gewebe kurz und klein. Es ist wirklich erstaunlich.

Niemand außer mir scheint etwas zu bemerken. Um mich herum klirren Gläser, Flaschen werden in Eiskübel geschoben, aus der Küche kommt ab und zu ein Zischen. Es wuchert ein Gemurmel durch den Raum, dicht und verwoben, wie Efeu. Die Menschen lachen, kichern, für viele ist es der erste Restaurantbesuch seit langem. Sie lassen ihre Blicke geistesabwesend über das Aquarium gleiten, aber sie sehen nichts. Es ist ja noch nicht einmal Blut geflossen. Direkt hinter dem Bassin, auf der anderen Seite, schart sich eine Familie im zweiten Raum um eine dieser beliebten Meeresfrüchte-Pyramiden. Ich kann sie durch das grünliche Wasser hindurch leicht verschwommen, wie durch ein kunstvolles Sfumato verschönert, erkennen. Sie haben sich fein gemacht, das sieht man richtig, haben ihr schönstes Poloshirt und ein elegantes Hemdkleid aus dem Schrank gezogen und sich sogar mal wieder richtig frisiert. Sie strahlen diesen Haufen toter Meerestiere an, als sei er ein singender Geburtstagskuchen. Als die Kellnerin es eben abgestellt hat, haben ihre dünnen Münder die Bewegungen eines »Oh« und eines »Mhhh« gemacht, ich glaube, auch eines »Fantastisch«, irgendeiner hat laut ausgerufen »endlich«, so als wolle er dem gesamten Restaurant beweisen, dass das Austernessen unter normalen Umständen durchaus zu seinem Alltag gehört und die Entbehrung einer Seelenqual nahekam.

Dass er nicht weiß, wie man es isst, tut offenbar nichts zur Sache. Er ertränkt das arme Vieh im Essig und kratzt mit seinem Messer in der Muschel herum, zieht sich den schleimigen Körper mit einem lauten Schlürfen in den Rachen. Ich ekle mich. Ich ekle mich oft, wenn Menschen so essen. Ich finde sie widerlich. Seinem Sohn geht das offenbar ähnlich. Er ruckelt schon seit Minuten nervös auf seinem Stuhl herum, springt nun plötzlich auf und rennt zum Klo. Auf dem Weg hat er das Weinglas einer alten Frau umgestoßen, doch weder der Vater noch der Rest der Gruppe bewegen sich. Sie sehen es gar nicht, sie sind zu sehr damit beschäftigt, ihre wiedergewonnene Freiheit, all das hier, so richtig zu genießen. Sie gönnen es sich. Selbstverständlich. Die arme Frau sitzt allein da und guckt etwas verdattert. Eben hatte sie sich noch ein haariges, mit Kratern überzogenes Bein einer Meerspinne zwischen die Zähne geklemmt, sie hatte daran genuckelt, bis der bräunliche Saft über ihr Kinn tropfte, jetzt tupft sie vorsichtig den Weißwein von der Tischdecke.

Ich würde den Mann gerne anschreien, aber ich weiß ja, so etwas tut man nicht. Es geht mich nichts an, wie andere Leute sich benehmen, das sagt mein Mann mir immer wieder. Jedes Mal, wenn ich mich über die Rüpelhaftigkeit meiner Mitmenschen echauffiere, mahnt er mich. Jeder sei für sich selbst verantwortlich, sagt er, man mische sich nicht in die Angelegenheiten fremder Leute ein, jeder lebe so, wie es ihm bequemt. Er hockt immer noch mit verschlossener Miene vor mir und studiert konzentriert die Speisekarte. Seitdem wir angekommen sind, hat er kein Wort mit mir gewechselt. Er ist wütend auf mich, das sehe ich an seinem angespannten Kiefer. Warum, weiß ich nicht. Wobei. Das stimmt nicht ganz, ich weiß es natürlich genau, nur scheint es mir noch immer ungerecht, ein wenig übertrieben. Eigentlich hätte dies hier ein schöner Abend werden sollen, der gelungene Abschluss eines gelungenen Ausflugs. Stattdessen liegt jetzt eine dunkle Wolke über uns, ein Gewicht, kalt und schwer wie eine Eisglocke. Sie lässt kaum Platz für Bewegung, wenig Luft zum Atmen. Ich würde sie gerne wegstoßen, sie hochheben, aber ich schaffe es nicht. Mein Elan bricht jedes Mal auf halber Strecke ab, ich sacke ein und resigniere. Die Stille nimmt den gesamten Raum ein, ich habe langsam den Eindruck, sie erdrückt mich.

Mir gegenüber bohrt der Hummer noch immer im Bauch seines Freundes herum. Er schabt den Körper regelrecht hohl und leer. Das Spektakel fasziniert und erschreckt mich zugleich. Ich kann meinen Blick kaum abwenden. Ich frage mich, was wohl vorgefallen ist, wie es zu diesem verzweifelten Akt kam. Hat er seinem Opfer etwas vorzuwerfen oder hat er kaltblütig gehandelt? Wurde er von einem blutrünstigen Wahn ergriffen oder ist etwas vorgefallen? Irgendetwas, das dies hier erklären würde, das erklären würde, dass einer sich einfach so, eines schönen Abends, über seinen Partner hermacht. Vielleicht hat er ihm seinen Platz geraubt, ihn gedemütigt. Vielleicht, wer weiß, ist es aber auch einfach die Aussicht des nahenden Todes gewesen. Um sie herum liegen ihre Artgenossen in zwei geteilt und mit Butter beträufelt auf blauweißen Tellern. Vielleicht ist es ein Protest, eine Art, uns zu sagen, wir fressen uns lieber gegenseitig, als in euren Bäuchen zu landen. Ich würde es so gerne begreifen, ihn gerne fragen. Dass das nicht möglich ist, ärgert mich.

Wir sitzen an einem schmalen Holztisch im ersten Raum dieses etwas altmodischen Lokals. Direkt neben uns liegt die Küche, schräg hinter uns der Eingang. Jedes Mal, wenn ein neuer Gast eintritt, weht mir ein kühler Windstoß in den Nacken. »Du hast es selbst vergeigt, also kannst du dich auch hierhin setzen«, hatte mein Mann gemeint und ohne zu zögern den anderen Stuhl, den mit dem Rücken zum Fischbecken, eingenommen. Freundlich ist das nicht, aber ich kann es ihm nicht verübeln. Es ist ja wirklich ein schlechter Platz, ein ungemütlicher Durchgang, alles andere als romantisch. Ursprünglich hatte ich an einem dieser runden Fenster sitzen wollen, dieser goldumrandeten Fenster, die aussehen wie Schiffsluken. Von dort aus sieht man auf das Meer und die Weite des Himmels, auf die drei rund herausstechenden Felsen, an denen sich Schaumwellen in regelmäßigen Abständen abrollen und die Möwen laut in den Wind hineinschreien. An diesen Plätzen ist man zwangsläufig glücklich, so stelle ich mir das zumindest vor, einfach weil dort, wie man sagt, alles stimmt. Nur habe ich leider wieder einmal zu spät daran gedacht. »Wieder einmal«, das sagt er. Ich sei zu verträumt, zu abwesend, zu unbeteiligt, wenn es um die praktischen Dinge des Lebens geht, um die sogenannte Realität.

Ehrlich gesagt frage ich mich manchmal, ob andere Menschen wirklich so genau wissen, was damit gemeint ist, mit dieser Realität, mit der sie angeblich alle im Einklang leben. Ich für meinen Teil habe oft das Gefühl gehabt, dass sie etwas ist, das mir entwischt. Etwas, von dem ich zwar ab und zu gedacht habe, es nun endlich festzuhalten, das sich mir dann aber, als ich gerade siegreich jubeln wollte, wieder entzog. Flutsch, schon war es weg und leuchtete wieder verheißungsvoll in der Ferne, unerreichbar und mysteriös. In letzter Zeit nimmt dieses Gefühl zu. Ich habe manchmal den Eindruck, ich würde abdriften, wegschwimmen, ganz langsam und leise. Raus aus diesem Raum, weg vom Gemurmel und dem Licht und den Leuten, weit weg von meinem Mann, in eine andere Welt versinken, in der jede Verbindung zu dieser Realität und ihren Regeln gekappt ist. Mein Mann merkt das manchmal, und das ärgert ihn. »Du kannst nicht immer in deine Traumwelt abtauchen, so geht das einfach nicht«, sagt er dann, als wäre ich seine Schülerin und er tadelte mich.

Deshalb simuliere ich mittlerweile auch meistens. Ich tue so, als wäre ich wirklich anwesend, nicht nur körperlich, auch geistig. So als würden die Dinge, die ihm so am Herzen liegen, mich interessieren, als nähme ich diese Wirklichkeit und ihre Anforderungen an mich ebenso ernst wie er. Ich verhalte mich, wie man sagt, normal, das scheint ihn sehr zu beruhigen.

Mein Mann ist Steuerberater, er arbeitet für schwerreiche Kunden, Leute, die so viel Geld haben, dass sie noch mehr davon wollen. Er umgibt sich den ganzen Tag mit Zahlen, Fakten und verzwickten Finanzgebilden. Logik, Analysen, all das ist absolut sein Ding. Für den kannibalistischen Hummer zum Beispiel hätte er jetzt sicher eine wunderbare Erklärung parat, denn mein Mann ist sehr klug, er weiß grundsätzlich sehr viel. Er würde mir ganz genau erklären, welche Hormone da im Spiel gewesen sein müssen, warum das Tier das getan hat und warum so, mit dieser Brutalität, warum hier, mitten in einem Hummerrestaurant. Er würde mich auslachen und mich mitleidig angucken, wenn ich andeuten würde, was ich langsam zu glauben beginne, nämlich, dass es vielleicht etwas zu bedeuten hat. Dass es ein Bild ist für etwas anderes, für die Menschen, für uns selbst, überhaupt, alles. »Du und deine Fantasien«, würde er sagen und sein Handy zücken, um seine Erklärung zu überprüfen: »Siehst du, ich habe recht.« Er würde selbstgerecht grinsen und mir irgendetwas vorlesen, das all dies hier haargenau beschreibt. Es wäre ermüdend, anstrengend, deshalb erzähle ich es ihm ja auch nicht. Dieses Spektakel gilt nur mir, niemand außer mir hat es gesehen. Ich bin überzeugt davon, dass es mir etwas sagen will. Nur was, verstehe ich noch nicht ganz.

»Es tut uns leid, Madame«, hatte der Mann am Telefon gesagt, »aber Sie wissen doch, es ist der erste offene Freitag seit Monaten, die Leute haben bereits vor Wochen reserviert und das sind die besten Plätze.« Natürlich. Vielleicht wäre an einer dieser Luken alles anders gewesen. Vielleicht hätten auch wir zu diesen Leuten gehört, die sich jetzt sanft über den Handrücken streicheln und mit erfülltem Blick nach draußen sehen. Ich bewundere Leute, die das tun. Wenn sie so dasitzen und Tiefe simulieren und die Augen in die Ferne schweifen lassen, als würden sie gerade in einem warmen Gefühl baden, dann möchte ich applaudieren und ihnen gratulieren, aufstehen und ihnen die Hand schütteln und sagen, wirklich großartig, welch ein schauspielerisches Talent. Aber ich mache das natürlich nicht. Meinem Mann wäre das furchtbar peinlich. Trotzdem frage ich mich oft, was Menschen mit erfülltem Blick wirklich denken.

Diese Frau am Fenster zum Beispiel, deren Hand unter der eines eindeutig älteren Mannes liegt: Denkt sie gerade wirklich, wie schön es ist, wie wohl sie sich fühlt, wie richtig sich nun doch alles entwickelt hat und wie glücklich sie jetzt endlich sein darf? Oder kitzelt sie etwas Unbequemes in der Magengegend? Rollt da hinter dieser angenehm aufgeräumten Erscheinung, diesen rot bemalten Lippen womöglich etwas anderes hoch? Eine Wut. Ein Hass. Auf ihn, dieses Restaurant, die Welt. Will sie vielleicht schreien oder ihm das Fischmesser in die Hand rammen, statt, wie sie es gerade tut, diesen pummeligen Daumen zu streicheln? Ich glaube, in ihrem Blick etwas zu erkennen, etwas Ersticktes, das sie wahrscheinlich nie hochlassen wird. Ich hoffe insgeheim, sie würde es doch tun. Ein Glas zerschmettern und es diesem Klops in die Gurgel stoßen. Sich die Bluse vom Leib reißen und die Brust aufkratzen, nur um ihn mal richtig zu erschrecken. Um ihm zu zeigen, wer sie wirklich ist. Dass da noch mehr ist. Ich wünsche mir manchmal, Leute würden so etwas tun, ausbrechen, wie mein Hummer. Aber Menschen verhalten sich so nicht.

Ich selbst, das gebe ich zu, fürchte seit einigen Wochen, ich könnte so etwas und noch viel Schlimmeres tun. Diese Angst ist ganz plötzlich aufgetaucht. An einem ganz banalen Nachmittag, ohne besonderen Anlass. Ich stand in der Metro, wartete mit vielen anderen auf den einrollenden Zug, und auf einmal schien es mir, als würde mich etwas zum Gleis, direkt vor den Zug drücken. Ich musste mich richtig dagegen wehren, mich zurückstemmen, gegen dieses unsichtbare Gewicht. In den Tagen darauf passierte es immer wieder. Es war, als habe sich etwas in mir befreit. Ein Tier, das in mir herumkroch, ein scheußliches Wesen, das an meinen Eingeweiden zerrte und versuchte, meine Speiseröhre hochzuklettern, um sich endlich zu befreien.

Dieses Wesen will ausbrechen, das spüre ich. Irgendwann wird es ihm gelingen. Es wird mich mitreißen, mich ganz einnehmen und mich dazu bringen, Dinge zu tun, die ich eigentlich gar nicht tun will. Es hat schon damit begonnen, manchmal flüstert es mir ins Ohr, ganz leise, diskret, so dass ich manchmal nicht sicher bin, ob ich es mir vielleicht doch einbilde. Abends sperre ich meinen Balkon ab, weil ich glaube, ich könnte unter dem Einfluss dieser Fremden in mir nach draußen springen. Tagsüber mache ich einen großen Bogen um scharfe Messer. Ich sehe die Szene regelrecht vor mir: Ich sehe, wie ich Zwiebeln schneidend in der Küche stehe, wie das Radio die Nachrichten verkündet, wir plaudern noch locker, und auf einmal drehe ich mich wie unter Hypnose um und schiebe die Klinge tief in den Bauch meines Mannes hinein. Einfach so, ohne Grund. Diese Bilder verfolgen mich, es ist fürchterlich. Eine regelrechte Qual. Ich kämpfe gegen dieses Wesen an, doch das ermüdet mich langsam.

Vor kurzem habe ich meinem Mann davon erzählt. Ich habe es ganz vorsichtig gemacht, zögerlich, ich wollte ihn ja nicht unnötig erschrecken. Aber ich habe den Eindruck gehabt, er habe nichts von dem eben Berichteten verstanden. Er hat mir etwas geistesabwesend versichert, meine Vorstellungskraft brenne wieder einmal mit mir durch, das sei doch gar nichts, ein reines Hirngespinst, zumal die Vorstellung, eine so zarte Person wie ich, ein so fragiles Wesen könne gewalttätig sein, auf jemanden wie ihn losgehen, doch vollkommen lächerlich sei. »Komplett lachhaft, also wirklich, was du dir immer ausdenkst«, hat er gesagt und, um dies noch zu unterstreichen, einige Sekunden vor sich hin gegluckst: »Du wirst niemandem etwas zuleide tun, nie, dafür bist du doch viel zu lieb. So ein süßes, nettes Mädchen.« Er hat mir väterlich in die Wange gezwickt und daraufhin kichernd den Raum verlassen.

Solche Geschichten, derartige Ängste, gefallen ihm überhaupt nicht. Für ihn ist alles immer genau so, wie es zu sein scheint. Das gilt vor allem für mich. Ich bin ein liebes Kätzchen, sagt er, ein schüchternes freundliches Wesen, rein und gut. Rein vor allem, man sehe das doch schon allein an meinem Gesicht: diese niedliche Stupsnase, der volle zartrosa Mund, diese großen Augen und mein lockiges blondes Haar. Ich sei so etwas wie ein Engel. Natürlich. Eine andere Version meiner selbst, eine andere als seine eigene, gibt es in seinen Augen ihn nicht. Hat es schlichtweg nicht zu geben. Wenn ich ihm ab und zu das Gegenteil beweise, aus Versehen, wirklich, ohne böse Absicht, dann ekelt er sich vor mir und straft mich.

Wie an diesem Abend vor ein paar Tagen. Wir waren auf einen Cocktail bei Bekannten gewesen oder, besser gesagt, bei Kunden, es waren nur hochrangige Menschen anwesend, ältere Männer vor allem, Leute in faden Kostümen, und wie immer langweilte ich mich. Ich hatte mich auf dem Balkon verkrochen, einem schmalen Streifen, von dem aus man den Eiffelturm sah, wenn man sich weit vorbeugte und darauf vertraute, dass einen nicht irgendeiner aus Unachtsamkeit schubste und in die Tiefe stürzte. Er funkelte wie Champagnerperlen in einer Schale, das beruhigte mich. Mein Mann schwirrte drinnen herum und unterhielt sich prächtig. Er plauderte gekonnt, mal hier, mal da, nickte diesem und jenem freundlich zu, wie sich das eben gehört. Er beglückwünschte die Gastgeberin zu diesem gelungenen Empfang, meinte, es sei so schön, endlich wieder unter Menschen zu sein. Ich fand das ehrlich gesagt überhaupt nicht.

Irgendwann kam er raus und meinte verärgert: »Die Leute fragen nach dir, du kannst dich hier nicht so verstecken, mit deinen Zigaretten und dem Wein und diesem bescheuerten Eiffelturm, das ist unhöflich.« So abseits der Party vor sich hin zu träumen sei unmöglich, so verhalte man sich nicht, behauptete er und riss mich am Ellbogen in den Raum hinein. Dann ließ er mich dort einfach stehen.

Um mich herum klammerten sich Männer an ihre Whiskey-Gläser und ihre E-Zigaretten und unterhielten sich. Sie überschütteten sich gegenseitig mit ihren jeweiligen Erfolgen, der Harmonie ihrer Familien in dieser schwierigen Zeit, sie lachten heimlich mit ihrem Auge, wenn einer doch mal widerwillig eine Flaute gestand, und versuchten sich insgesamt gegenseitig mit ihren Storys zu übertrumpfen. Auf einmal kam es mir vor, als würde ich allein in einem Raum voller kreischender Puppen stehen, es war ein entsetzliches Geräusch, genaue Worte vernahm ich nicht. Ich sah nur ihre Münder, diese kleinen Schlangenmäuler, in die sie ab und zu ein Petit Four stopften, ihre stechenden Augen, irgendwann verzogen sich ihre Gesichter zu Grimassen, lachenden Fratzen, ihre

Arme waren wie Fühler, die in alle Richtung ausschlugen, ich fürchtete mich.

Ich stand mit dem Rücken zur Bibliothek, direkt unter der weißen Marguerite-Duras-Reihe, genauer unter »Lol V. Stein«, und es schien mir, als kämen sie mir immer näher, als würden sie mich bald erdrücken, also packte ich einen Mann, der direkt vor mir stand, an den Haaren, zog fest daran, stieß seinen Kopf harsch zur Seite und rannte zur Tür. Mein Mann, mein lieber lieber Mann, der schämte sich. Er entschuldigte sich tausend Mal, erklärte, mir gehe es wirklich nicht gut, die Einsamkeit, all das mache mir zu schaffen.

Im Taxi ignorierte er mich einfach und meinte nur kalt: »Kannst du dich nicht einfach mal normal verhalten? Wie eine richtige Frau?« Danach vertiefte er sich wieder in sein Handy. Er wollte mir einfach nicht glauben, das dort etwas Schlimmes vor sich gegangen war, dass diese Leute schlecht waren und ich uns einen Gefallen getan hatte – ich hatte es doch mit meinen eigenen Augen gesehen. »So ein Schwachsinn«, meinte er, »ich glaube, du spinnst, du verlierst langsam den Verstand, das ist doch peinlich.«

Am nächsten Morgen hatte ich meine Story angesichts seines beharrlichen Unverständnisses geändert. Ich hatte ihn davon überzeugt, dass das alles nur ein Scherz gewesen war, ein missglückter Versuch, auf mich aufmerksam zu machen. Mal wieder. Offenbar leuchtete ihm das ein. Er wirkte erleichtert, befand aber trotzdem, wir müssten mal rauskommen, und so landeten wir schließlich hier, in diesem abgelegenen Dorf am Atlantik. »Die Ruhe wird dir guttun«, davon war er fest überzeugt. Neben der Realität ist die Ruhe nämlich seine Lösung für alles. Ruhig bleiben, in jeder Situation, das ist sein Motto. Er folgt dem sehr streng. So wie jetzt zum

Beispiel. Statt seine Wut und die Irritation herauszuschreien, statt alle Türen zu öffnen, zieht er eine Wand herunter und schweigt. Er schweigt so lange, bis alles erstickt ist, im Zweifel sogar wir selbst. Man müsse sein Leben so führen, dass alles ruhig verläuft, Intensität, zu viel Hoch und Runter, sei schädlich, so hatte er mir das zu Beginn unserer Beziehung einmal erklärt, und so fern es mir auch war, so sehr hatte es mich damals beeindruckt. Ich wünschte mir das, ich strebte es an, und er überzeugte mich davon überzeugt, dass auch ich diesen Zustand erreichen könne. Er läge quasi schon in mir, sagte er, ich müsse nur danach greifen.

Ich weiß heute, dass das nicht stimmt. Es war eine Lüge. Diese Ruhe ist nichts für mich, ich ertrage sie nicht, sie bedrückt mich. Ich möchte zukneifen, mich dagegen wehren, ich beherrsche die hochrollende Panik nicht. Er weiß das, das spüre ich. Er quält mich absichtlich.

Als der Kellner vorhin kam, hat er kurz gelächelt. Er hat so getan, als sei alles bestens, doch sobald der Herr sich umgedreht hatte, war mein Mann wieder erstarrt. Mein Verhalten sei für ihn schwer zu verdauen, hatte er vor einigen Tagen gesagt, seitdem ist er die meiste Zeit still. Sein Blick leer, hart und steinig.

Seinen Teller hat er noch nicht einmal angerührt, den Wein, den ich ausgesucht habe, findet er offenbar eklig. Er hockt da wie auf einem Besenstiel aufgespießt und schaut geradeaus durch mich hindurch an die hinter mir liegende Wand. Ich kenne diese Wand, sie ist mir beim Hereinkommen aufgefallen. Sie ist mit einer gelben Tapete mit wildem Muster beklebt, darüber hängen einige Teller. Es sind recht hübsche Teller, nicht die im traditionellen Stil. Sie sind blau und gelb und schwarz verziert, in ihrer Mitte thront jeweils das Porträt einer bedeutenden Frau: Sappho, Emily Brontë, Virginia Woolf, bedeutende Frauen, die in die Untiefen ihrer Menschlichkeit hinabgestiegen sind, um uns davon zu erzählen, und die am Ende doch wieder nur als kaum wahrnehmbares Gesicht, als dekorativer Farbklecks hinter einem Sonntagsbraten auf dem Grund eines Tellers gelandet sind.

Ich frage mich, was ihm bei dem Anblick durch den Kopf geht. Denkt er überhaupt irgendwas? Wahrscheinlich nicht, was versteht er schon davon. Was versteht er schon davon? Nichts. Der Körper des toten Hummers schwimmt jetzt einen Zentimeter über dem Boden. Er sieht aus, als würde er bald nach oben schweben und auferstehen. Er strahlt regelrecht, so von seinem Innenleben und all dieser Last befreit. Wie leicht er sich gerade fühlen muss. Wie wunderbar. Es ist erstaunlich, aber diese Hummer, dieses Mordszenario, das sie mir vor einer Stunde vorgeführt haben, das alles beruhigt mich. Ich fühle mich geborgen, von diesen Tieren erkannt. Ich glaube mittlerweile sogar, dass sie versuchen, mit mir zu reden. Sie versuchen, eine Verbindung herzustellen, nur höre ich sie noch nicht. Es ist zu laut hier drinnen, diese vielen Menschen stören unseren Dialog, ich würde sie gerne verjagen, endlich wissen, worum es geht.

Das Restaurant hat sich mittlerweile schon halb geleert. Die alte Frau ist nachhause gegangen, die junge Frau am Fenster ist ihrem Geliebten offenbar entwischt. Nur die Familie sitzt noch immer an ihrem Platz hinter dem Bassin. Der Junge plantscht gerade mit seinen Händen in mit Schokoladensoße begossenen Profiteroles herum, sein ganzes Gesicht ist mit schwarzen Schlieren überzogen, die Großmutter guckt ihn etwas pikiert an, aber sie sagt nichts.

Was für ein gelungener Abend. Ich fühle mich erleichtert, fast frei. Ich glaube, mein Mann hat seinen Blick von der Wand gelöst, er hat wohl beschlossen, doch noch mit mir zu reden. Er schaut mir jetzt zum ersten Mal seit Tagen direkt in die Augen. Ich kann es kaum fassen, aber, ja, stellen Sie sich vor, er spricht zu mir: »Ich habe nachgedacht«, sagt er und betrachtet mich mit sehr ernstem Ausdruck. Ich frage mich, was er sagen will, es scheint ihm nicht leichtzufallen, das passiert selten, es wundert mich. »Ich denke«, er stockt ein wenig, »ich denke, ich habe dein Leid verkannt. Vielleicht brauchst du wirklich Hilfe.« Ich gucke ihn an, versuche zu begreifen, was er da sagt, aber ich verstehe seine Worte nicht. Ich erkenne keinen Sinn darin. Wovon spricht er wohl? Mir geht es doch blendend. Dieser Abend, die Hummer, all das hier ist auf einmal so richtig. Ich fühle mich gelöst, ich schwimme weg, und es stört mich nicht. Er spricht weiter, aber ich höre nichts. Seine Lippen bewegen sich, doch mich erreicht kein Ton. Er greift nach meiner Hand, legt sie unter seine und streichelt darüber. Innerlich jubele ich. Nun sind auch wir wie die Leute am Fenster. Nun sind auch wir wie die Leute am Fenster! Dies ist mein Einsatz, das Zeichen, ich sollte meinen Blick nun erfüllt in die Ferne schweifen lassen, aber ich sehe ja doch nichts anderes als das Aquarium.

Die Hummer sitzen neben ihrer Leiche und schauen mich an. Ganz eindeutig. Ich sehe das. Ihre Kugelaugen starren mir direkt ins Gesicht. Und ja, endlich, ich kann sie endlich hören. Mein Mann redet weiter, ich glaube, er hat mir eine Frage gestellt, zumindest schaut er mich fragend an. Aber die Kommunikation ist abgebrochen, mein Ohr vernimmt den Ton seiner Stimme einfach nicht mehr. Es ist herrlich, diese Stille, endlich genieße ich sie. Endlich weiß ich auch, was zu tun ist. Ich greife seine Hand, liebkose sie, küsse sie, er lächelt, er scheint besänftigt. Nun reiße ich den Mund auf und beiße fest hinein. Ich beiße so lange, bis es knackst. Ich weiß nicht, ob das mein Zahn ist oder sein Knochen, es ist mir egal. Ich bohre die Messer meines Mundes immer tiefer hinein, das Blut läuft mir am Kinn hinunter und tropft auf die weiße Tischdecke. Niemand tupft es weg, keiner bewegt sich. Außer den Hummern. Sie schauen mir zu. Ihre Worten schallen nun deutlich und laut durch den Raum: Genau so, sagen sie, genau so haben wir uns das gedacht.

TATJANA KRUSE
Sil-ben-tren-nung

Ich keuche mir die Seele aus dem Leib.

Nach ein, zwei Wochen werde ich leichtfüßig wie eine Elfe nach oben schweben, alles eine Frage der Gewohnheit, sage ich mir. Fraglos ist die Zweizimmerwohnung im angesagtesten Viertel auch nur deshalb noch halbwegs finanzierbar, weil sie im siebten Stock ohne Aufzug liegt.

Auf dem letzten Treppenabsatz muss ich eine Pause einlegen. Die Möbelpacker hätten definitiv ein größeres Trinkgeld verdient. Aber dafür ist es jetzt zu spät.

Ich hole noch einmal tief Luft, sehe nach oben und erstarre.

Er ist ein kleiner Hosenmatz, vielleicht sechs, sieben Jahre alt, schwer zu schätzen. In Gummistiefeln und gelber Regenjacke. Überraschenderweise mit einem Handstaubsauger.

»Hallo, junger Mann!« Ich schenke ihm ein Lächeln.

Unterm Dach gibt es nur zwei Wohnungen – meine und die von Müllers. Das muss folglich Müller junior sein.

Der Kleine schaut mich nur ernst an. Seine Augen in dem bleichen Gesichtchen scheinen riesig. »Weißt du, dass man jeden Tag Millionen Haare verliert?«, fragt er ernst. »Und Hautschuppen. Milliarden von Hautschuppen? Und Popel. Trilliarden von Popel?«

Nicht der richtige Moment, um ihm den Unterschied zwischen Hunderten und Millionen und Milliarden und Trilliarden zu erklären. Also nicke ich nur.

»Wenn man alle Hautschuppen und Haare und Popel sammelt, dann kann man jemand wieder zusammensetzen. Wie bei einem Puzzle.« Der Kleine nickt, immer noch total ernst. »Also, man sieht dann vielleicht ein bisschen staubiger aus und an den Rändern nicht so scharf, aber man ist wieder da.«

»Hallo, ich bin Ihr Nachbar von nebenan. Denis Müller. Haben Sie heute Abend schon was vor?« Herr Müller strahlt.

Er sieht gut aus. Vielleicht einen Ticken ausgezehrt, und mit zu dunklen Augenringen. »Sie müssen doch vom Umzug völlig erledigt sein. Wollen Sie mit meinem Sohn Felix und mir zu Abend essen? Es gibt Pasta. Und Wein.«

Vom Müller'schen Balkon aus hat man Blick ins Grün. Meine Wohnung hat keinen Balkon. Ein weiteres Indiz dafür, warum ich mir die Wohnung hier in diesem Viertel leisten kann.

Der Abend ist lau, der Lärm der Stadt nunmehr meditativ, wie weißes Rauschen. Das, der Wein und die einsetzende Umzugserschöpfung sorgen dafür, dass ich nach dem Tiramisu beinahe einnicke.

Ein Geräusch lässt mich aufschrecken.

Felix steht im Wohnzimmer und saugt.

Sein Vater starrt in sein Glas. Das er sich randvoll eingeschenkt hat.

»Wie lieb, dass er im Haushalt hilft«, sage ich.

Herr Müller schaut mich nicht an. »Seit seine Mutter tot ist, saugt er ständig. Die Trauertherapeutin meint, es würde ihm helfen. Eine Bewältigungsstrategie.«

Oh.

»Mein Beileid.« Was sagt man sonst in einem solchen Moment?

Müller schweigt. Ich schweige auch. Nur der Sauger brummt.

»Wenn ich irgendwie helfen kann ...?«, fange ich an.

»Es war Selbstmord«, erklärt Herr Müller über das Handsaugerbrummen hinweg und starrt in den Geranienkasten. »Sie hat sich in den Tod gestürzt. Hier vom Balkon. Von da, wo Sie sitzen.«

Müller verfällt in dumpfes Brüten.

Ich bedanke und verabschiede mich.

In der Nacht schrecke ich aus dem Schlaf.

Kurze Orientierungsphase: Ich bin in meiner neuen Wohnung. Ein Blick auf das Handydisplay. Drei Uhr fünf.

Und dann wird mir klar, was mich aus dem Schlaf geschreckt hat. In der Nebenwohnung wird gesaugt.

Geht's noch?, ist mein erster Gedanke. Dann sofort: *Das arme Kind, völlig traumatisiert.*

Ich schäme mich kurz. Und realisiere gleich darauf, dass dieser Altbau sehr viel hellhöriger ist, als ich gedacht habe. Wie lange mochte es wohl dauern, bis sich die Kinderseele das Trauma der toten Mutter weggesaugt hätte? Tage, Wochen, Monate? Kaum zu Ende gedacht, schäme ich mich noch mehr.

Ich werde Ohrstöpsel kaufen, und gut.

Tags drauf klingelt es gegen drei an meiner Wohnungstür. Es ist Herr Müller. »Könnten Sie bitte kurz auf Felix aufpassen? Maximal eine halbe Stunde? Ich muss rasch etwas erledigen und kann ihn nicht mitnehmen.«

Der Kleine spaziert bereits völlig angstfrei an mir vorbei in mein noch unfertiges Heim und bahnt sich durch die Umzugskartons einen Weg in die Küche. Wie erwartet hält er den Mini-Staubsauger in der Hand.

Sonntags ist Putztag. Ich hasse Putzen. Und wo der Kleine doch ohnehin so gern saugt ...

Ich biete Felix etwas zu trinken an. Er lehnt ab.

»Magst du ein wenig saugen?«, frage ich.

»Hier doch nicht!«, erklärt er. Es klingt empört. »Mama war nie hier.«

Auf seinen Wunsch hin setzen wir uns an meinen Küchentisch und üben schreiben. Ich muss ihm zwei verschiedenfarbige Stifte und Papier besorgen. Sehr konzentriert malt er die Buchstaben auf. Der Handsauger liegt in seinem Schoß. Wie eine Katze. Manchmal streichelt er ihn sogar.

Das arme Kind, denke ich. Wirklich völlig traumatisiert.

Wenn er sich konzentriert, sieht man seine winzige Zungenspitze hervorlugen.

Gi-raffe. Nicht Gir-Affe.

A-meisen-bär. Nicht Am-Eisenbär.

Die Sprechsilben trennt er farblich. »Das nennt man Silbentrennung«, erklärt er mir. »Manchmal muss man ein Wort trennen, weil das Papier an der Seite aufhört. Aber wenn man die abgetrennten Silben wieder zusammensetzt, dann ist das wieder ein ganzes Wort.« Er schaut zu mir auf. »Meine Mama ist jetzt auch eine abgetrennte Silbe. Man kann sie wieder zusammensetzen, weißt du.«

Er schaut mich so vertrauensvoll an, dass ich einfach nicht widersprechen kann. Das ist Aufgabe des Vaters, denke ich. Sein Vater muss ihm beibringen, dass Menschen keine Silben sind.

Stattdessen sage ich: »Du vermisst deine Mama bestimmt ganz doll.«

Bevor er antworten kann, klingelt es.

»Das ist Papa.« Felix schüttelt mir sehr erwachsen die Hand. »Vielen Dank, dass Sie auf mich aufgepasst haben.«

Den Rest des Tages – und die halbe Nacht – höre ich das Saugen aus der Nachbarwohnung.

Dienstagnacht werde ich durch Schreie aus dem Schlaf gerissen.

Ein hohes, völlig verängstigtes Stimmchen brüllt sich die Seele aus dem Leib. Ich werfe mir den Morgenmantel über und laufe in den Flur. Auf der Treppe stehen bereits die Göpferts von unten.

Die Schreie kommen eindeutig aus der Wohnung von Herrn Müller und seinem Kleinen.

»Da muss man doch was tun!«, sagt Frau Göpfert.

»Wir mischen uns da nicht ein«, erklärt ihr Mann. Die beiden rühren sich nicht von der Stelle.

Ich klingele.

Herr Müller öffnet. Er trägt nur eine Pyjamahose. In der Hand hält er einen halbierten Handstaubsauger, aus dem letzte Staubreste rieseln. Auf dem Dielenboden hinter ihm sehe ich die andere Hälfte des Geräts, inmitten eines kleinen Staubberges. Und daneben kniet Felix. Er fegt mit seinen kleinen Händen den Staub zusammen und schreit und schreit und schreit.

»Ich weiß nicht mehr, was ich machen soll.« Müller ist totenbleich und zittert.

Felix steht auf, nimmt seinem Vater die Handsaugerhälfte ab, baut das Gerät wieder zusammen und saugt den Staubberg auf.

Und saugt.

Und saugt.

Ich werde bessere Ohrstöpsel brauchen.

Am nächsten Tag begegne ich vor meiner Tür, ich will gerade zum Einkaufen gehen, einer sehr kompetent wirkenden Frau mit makellosem französischem Zopf und edlem Hosenanzug. Aus Leinen, aber völlig ohne Knitterfalten. Sie nickt mir zackig zu und klingelt bei Herrn Müller, der auch sofort öffnet, als hätte er schon hinter der Tür auf sie gewartet.

»Guten Tag, Frau Doktor«, begrüßt er sie, während ich abschließe und aus den Augenwinkeln mitkriege, wie er sie ins Wohnzimmer führt.

Später, als ich vom Einkaufen zurückkomme, erzählt mir Frau Göpfert, die lebende Überwachungskamera, dass diese Dame die vom Jugendamt empfohlene Trauertherapeutin ist.

Der arme Mann, denke ich. Und: *Der arme Junge.*

Die dritte Nacht in Folge saugt sich Felix nun schon durch die Wohnung. Un-unter-brochen. Das Sauggeräusch dringt mühelos durch die Wände und durch meine Ohrstöpsel.

Vermutlich schläft der Kleine tagsüber, aber ich muss zur Arbeit. Jetzt denke ich folglich nur noch: Nimmt das denn kein Ende?

Irgendwann stehe ich auf, schlüpfe in meinen Morgenmantel und gehe hinüber.

Herr Müller öffnet erst nach einiger Zeit. Unrasiert. Wieder nur in Pyjamahose. Und merklich angetrunken.

»Entschuldigung …«, fange ich an.

Felix taucht saugend in der Tür zur Küche auf.

Es gibt doch auch weniger laute Handsauger, will ich sagen, aber bevor ich dazu komme, brüllt Herr Müller plötzlich: »Ruhe, verdammt nochmal! Gib doch endlich Ruhe!«

Er schreit nicht mich an, sondern sein Kind.

Felix stellt den Handstaubsauger ab. »Ich bin aber noch nicht fertig«, sagt er trotzig.

Herr Müller lehnt sich mit dem Rücken an die Flurwand, dann lässt er sich wie in Zeitlupe zu Boden gleiten. Er weint lautlos.

»Felix, bist du gar nicht müde?«, frage ich.

Felix schüttelt den Kopf.

»Möchtest du eine heiße Schokolade?«, biete ich an. Ich kenne mich mit Kindern nicht so aus, aber nach einem Heißgetränk zu später Stunde werde ich immer müde, und das wird bei einem Hosenmatz nicht anders sein.

Doch wieder schüttelte Felix den Kopf.

Ich sehe ihn an. »Weißt du, es ist wirklich total sauber bei euch. Da muss man nicht mehr saugen.«

»Ich bin aber noch nicht fertig. Da fehlt noch ganz viel.«

»Fehlt?«

Felix nickt mit ernstem Gesichtchen. »Von den Hautschuppen.«

Er stellt den Handstaubsauger wieder an.

Mitternacht. Schon wieder Geschrei von nebenan. Allerdings aus einer Männer-, nicht aus einer Kinderkehle. Ein wahrer Tobsuchtsanfall über den brummenden Handstaubsauger hinweg.

Erst ist es einfach nur laut, aber dann verstehe ich ein paar Brocken.

»ICH KANN NICHT MEHR ... HÖRST DU ... ICH KANN NICHT MEHR!«

Es poltert, als würden Möbelstücke umgestoßen.

Er wird sich doch nicht an dem Kind vergreifen? Zack, bin ich aus dem Bett und laufe im Pyjama ins Treppenhaus.

»... ES KANN DOCH SO NICHT WEITERGEHEN ...«

Glas splittert. Ich stehe vor der Müller'schen Tür und lausche angespannt.

Auch Frau Göpfert hat wieder Stellung am Treppenfuß bezogen. Herrn Göpfert sehe ich nicht. Er hält sich raus.

»... SIE KOMMT NICHT ZURÜCK ... HÖRST DU ... SIE WIRD NIE WIEDER ZURÜCKKOMMEN! SIE IST TOT, TOT, TOT.«

Der Handstaubsauger verstummt. Und deswegen bin ich auch ganz sicher, dass ich daraufhin durch die geschlossene Tür höre, wie Herr Müller wie mit letzter Kraft flüstert: »Sie kommt nicht wieder, Felix. Ich habe sie erschlagen und vom Balkon geworfen. Ich war das.«

Dann wird es abrupt still in der Wohnung. Kein Schreien, kein Saugen. Nichts.

»Was hat er noch gesagt?«, bühnenflüstert die Göpfert von unten.

Ich schüttele nur den Kopf.

Was tut man in so einem Moment? Die Tür eintreten? Die Polizei verständigen?

Während ich noch zögere, geht die Tür auf. Es ist Felix. »Ich bin fertig, ich muss nicht mehr saugen«, sagt er mit dieser Ernsthaftigkeit, wie sie kleinen Kindern zu eigen ist. »Ab jetzt bin ich ganz leise.«

Ich luge in die Wohnung, sehe aber nichts. »Dann gehen dein Papa und du jetzt schlafen?«

Er nickt. Und schließt die Tür.

Habe ich mich eventuell doch verhört?

Ich schaue zu Frau Göpfert. Die zuckt nur mit den Schultern und zieht sich in ihre Wohnung zurück.

Ich nehme mir vor, das morgen früh zu klären, und gehe auch zu Bett.

Ich habe verschlafen. Weil ich noch gefühlt Stunden wach lag. Und dann eine Tablette nehmen musste, um überhaupt ein Auge zuzutun.

Meine Güte, wer lärmt an einem Samstagmorgen um acht so herum? Scheiße. Ich drehe mich um und ziehe mir die Decke über den Kopf. Aber die Schallschutzwirkung von Daunen hält sich in Grenzen. Außerdem macht mich die Unruhe im Treppenhaus wuschig.

Nach kurzer Katzenwäsche ziehe ich die Sachen von gestern an. Ich öffne meine Wohnungstür und stehe vor drei Bestattern, die gerade einen Sarg die Treppe hinuntertragen und dabei mehrfach an der Wand entlangschrammen. Putz bröckelt.

»Was ...?« Meine Augenbrauen wandern nach oben.

Frau Göpfert aus der Wohnung unter mir ruft: »Er hat sich erhängt! Der Müller hat sich erhängt!« Dann muss sie den Männern und dem Sarg ausweichen.

»Erhängt?« Ich trete vor die offene Tür meiner Nachbarwohnung und äuge hinein. Es wimmelt nur so vor Erwachsenen. Was fehlt, ist das Kind.

»Was ist mit Felix?«

Ein Streifenbeamter kommt mir aus der Küche entgegen. »Wie bitte?«

»Der Kleine! Der Sohn von Herrn Müller. Wo ist Felix?«

»Er ist nicht in der Wohnung.« Die Therapeutin, die ich schon vom Sehen kenne, taucht neben dem Beamten auf. Wie aus dem Ei gepellt, trotz der frühen Stunde. »Sie sind die direkte Nachbarin, nicht wahr? Haben Sie etwas gehört? Hat Felix vielleicht seinen Vater gefunden und ist davongelaufen?«

Ich starre sie erst stumm an. Dann stottere ich: »Nein ... ich habe verschlafen ... ich habe nichts mitbekommen. Herr Müller hat sich ... *erhängt*?«

»Ja.« Sie reicht mir ihre Visitenkarte. »Es wird schon nach Felix gesucht. Ich gehe davon aus, dass er sich an einem vertrauten Ort verkrochen hat. Auf dem Spielplatz, oder im Keller. Falls Sie ihn sehen, rufen Sie mich an. Meine Handynummer steht auf der Karte.«

Sie schließt die Tür.

Ich gehe zurück in meine Wohnung. Was ich jetzt brauche, ist frische Luft. Ich trete ans offene Fenster und atme tief ein. Und wieder aus.

Manchmal stolpere ich über einen Zeilenrand. Besser gesagt, über eine sinnbefreite automatische Silbentrennung. Wenn aus einem Malpinsel eine Malp-insel wird. Oder aus einer Giraffe ein Gir-affe. Wie komme ich da jetzt drauf? Ach ja, Felix hat das zu mir gesagt.

Es ist mir wieder eingefallen, weil ich ihn in diesem Moment sehe. Als ich gerade tief ausatme.

Er geht drüben auf dem Kiesweg, der zwischen den Nachbarhäusern zur Hauptstraße führt. In Gummistiefeln und Regenjacke. An der Hand einer hochgewachsenen Frau. Das muss seine Mutter sein. So hat Frau Göpfert sie mir beschrieben. Sehr groß, sehr schlank.

Allerdings nicht so ... grau. Ich meine nicht die Haare, nein, die ganze Frau ist irgendwie grau. Staubgrau. Und verschwommen, unscharf. Wie wenn man auf dem Smartphone ein Bild groß zieht, das nicht genügend verpixelt ist.

Als ob Felix meinen Blick spüren kann, schaut er über seine Schulter. Er lächelt glücklich. Ich sehe es genau. Das Lächeln. Und das Glück. Er winkt mir zu. Unwillkürlich winke ich zurück. Die Silbentrennung ist aufgehoben.

ELLEN DUNNE

Beste Lage

Die Frau war adrett wie nur was. Grauer Hosenanzug und Hacken, die sicher nicht zu knapp gekostet hatten. Blitzblank wie der Stadtflitzer mit Elektro-Antrieb, aus dem sie vorhin gestiegen war. Nur ihre Stimme hatte was Dreckiges an sich. Sie gefiel Zoli. Auch wenn sie sicher schon an die fünfzig war.

Unfuckable, wie Matt es nannte.

Die Kippe, die sie ihm angeboten hatte, hatte er trotzdem gerne und mit diesem strolchigen Lächeln angenommen. Dabei rauchte Matt normalerweise nur noch e. *Alles mitnehmen*, so war sein Motto.

Er hatte dieses Treffen eingefädelt. Matt fädelte immer alles ein. Und Zoli stellte sicher, dass es nicht im Knast endete. Zum Strippenziehen sei er viel zu frisch vom Boot, hatte Matt ihm erklärt: Iren trauten anderen Iren, sonst niemandem. Rassistische Fecker. Er selbst, Matt, sei da anders, weil er gute Erfahrungen mit Zolis Landsleuten gemacht habe. Gute Fecker, diese Ukrainer.

Zoli war Ungar. Aber – geschenkt. Er war pleite und brauchte einen Neuanfang. Einen Weg aus dem 2-Zimmer-Apartment, das er sich mit sechs anderen Männern teilte. Da half ein halblegaler Aushilfsjob am Hafen ebenso wenig wie die Neigung zum Online-Poker. Und so war er zur Stelle, wenn Matt nach einem *guten ukrainischen Fecker* rief. So wie in diesem Fall.

»Die Sache ist ziemlich simpel, Gentlemen«, sagte die

Adrette, während sie ihren Kaffee am Ufer der Liffey aus dem Pappbecher schlürften. Am Dock gegenüber entließ eine frühe Fähre aus Holyhead eine Kolonne LKWs aus ihrem Maul.

Es ginge um »Torca House«, so die Adrette, ihre Stimme untermalt von Motorenlärm und dem Rattern der Rampen. Torca House sei ein verlassenes altes Farmhaus aus dem 19. Jahrhundert am Dalkey Hill, beste Lage. Es stünde auf einem Stück Land, das ihr Auftraggeber vor einigen Jahren erworben hätte. Der Haken daran: In der derzeitigen Form stünde es einer *sinnvollen Entwicklung des Grundstücks* im Weg.

Sie nahm einen bewusst langen Schluck, um die Männer ihre eigenen Schlüsse ziehen zu lassen. Nicht notwendig. Es war nicht die erste Anfrage dieser Art. Nicht das erste Haus, das Matt und Zoli im Auftrag der Besitzer vandalisieren sollten. Das ersparte Investoren und Bauherren langwierige, teure Verfahren von Antrag und Einspruch bei der Baubehörde. Wenn die Gebäude baufällig waren, brauchten ihre Besitzer keine Rücksicht mehr auf historische Bausubstanzen oder Befindlichkeiten der Nachbarn zu nehmen. Sie konnten abreißen, neu und größer bauen. Ihren Gewinn maximieren.

Torca House, so die Adrette, eignete sich derzeit nicht dafür, einen Gewinn zu maximieren. Es sei denn, es würde zur Ruine werden.

»Wie viel Ruine wollen Sie?«, fragte Matt.

»Genug, um keine Fragen offenzulassen.« Die Adrette zerknüllte ihren Pappbecher mit der linken Hand, fast wie mit einer Schrottpresse. An das platzende Geräusch würde Zoli noch den ganzen Tag denken. Und an den Anblick von Kaffeeresten, die ihr über den Handballen in den Ärmel gelaufen waren, wie Blut.

»Das Haus ist voll eingerichtet«, sagte sie noch, bereits wieder auf dem Weg zurück zu ihrem Stadtflitzer. »Viele Möbel, Teppiche und Vorhänge. Fast schon ein Feuerrisiko ...«

Sie hatte es kaum ausgesprochen, als Matts Gesicht zu leuchten begann. So, als sehe er Torca House schon brennen.

Vierzig Prozent des Honorars, wie sie es nannte, übergab die Adrette ihnen in einer mürbe genutzten Lidl-Plastiktragetasche. Die restlichen sechzig würden in zwei Wochen nachgereicht, wenn die Sache erledigt war. Sonst nicht die Art ihres Auftraggebers, man habe aber schlechte Erfahrungen gemacht. Matts und Zolis Vorgänger hätten das Geld genommen und wären dann auf Nimmerwiedersehen verschwunden. Eine Seuche, diese Unzuverlässigkeit der Leute.

»Die Unzuverlässigkeit und der Aberglauben«, feixte Matt.

»Da sagen Sie was.« Das Lächeln der Adretten zum Abschied war eisig wie die Novemberluft. »Wir sehen uns in zwei Wochen, Gentlemen.«

Zolis Aufgabe war es, vorab die Gegend um Torca House zu checken. Und die Routen zur anschließenden Flucht festzulegen. Allein, darauf hatte Matt bestanden. Dalkey war ein Kaff, trotz des ganzen Geldes, das seine teils prominenten Bewohner in den letzten Jahrzehnten ins Dorf gebracht hatten. Vor allem weiter oben am Hügel, bei den alten Cottages am ehemaligen Steinbruch. Dort lebten die Alteingesessenen, dort hatten die Häuser Augen. Außerdem gab es wenig Verkehr. Menschen, die hier nicht hingehörten, fielen auf. Erst recht zwei Männer. Matt verachtete die Leute in Dalkey mit Inbrunst. Alles *Bonzen-Fecker*. Er wollte nicht so sein wie die. Nur so viel Geld haben. Das wollte Zoli auch. Der Ort gefiel ihm trotzdem. Was war verkehrt an Delikatessläden und SUVs, an sauberen Gehwegen und Blumenbeeten?

Von der Lokalbahnstation aus ging es rasch bergan. Am Dalkey Hill lagen die Gebäude wie Gesteinsschichten übereinander. Am Fuß trutzige viktorianische Backsteinvillen, überragt nur vom Baumbestand ihrer parkähnlichen Vorgärten. Weiter oben im Mittelteil standen Bungalows, die in den Sechzigern sicher richtig Asche gekostet hatten.

Ganz oben schließlich die Cottages. Am Rande des von Gras, Ginsterbüschen und alten Ahornen bedrängten Steinbruchs reihten sie sich aneinander. Vorgartenlos, eingekeilt zwischen dem verwilderten Steinbruch und erst kürzlich erbauten Prachthäusern Marke Neureich. Die letzten ihrer Art. Bunte Eingangstüren wurden zu Mündern, einfach verglaste Fenster in Holzrahmen zu Augen, fixiert auf die Straße und den Steinbruch. Auf Zoli, der hier nicht hergehörte.

Hier oben war es dunkler, die Distanz zwischen den Straßenlampen größer, die am Straßenrand geparkten Autos kleiner und zerbeulter. Rechts von ihm, hinter einer Steinmauer, lag das Gelände des Steinbruchs im Dunkel. Feiner Nebel stieg aus dem Gras. In einem vereinzelten Weidenbaum hingen noch vom Wind zerfetzte Papierskelette von Halloween.

Alles ruhig, fast schon still. Zoli konnte Stille nicht leiden. Darin nisteten schlechte Gedanken. Erinnerungen. Dagegen anpfeifen? Bloß nicht. Pfeifen war verdächtig. Pfeifen war feige. Besser, sich auf sein Ziel zu konzentrieren.

Wie ein ungnädiger Herrscher auf seine verängstigten Truppen sah Torca House von seiner Hanglage hinab. Zwei Stockwerke. Unter den Dellen des Giebeldachs verrottete ein hölzerner Dachstuhl. Feuchte Flecken an den Mauern, ein paar Flechten Moos in den Regenrinnen. An mehreren Stellen bröckelte der Putz. Trotzdem sah es nicht abbruchreif aus. Im Gegenteil. Von ihm ging eine Unbeugsamkeit aus, eine Kraft, die Zoli plötzlich Gänsehaut bescherte. Im Nacken. Dort bekam er sie immer, wenn er schlechte Karten hatte.

Dieses Haus will nicht abgerissen werden.

Woher kam dieser absurde Gedanke? Egal, Zoli verbannte ihn weit weg von sich. Konzentrierte sich auf sein Ziel.

Der schmiedeeiserne Fußgängerzugang war nur angelehnt. Daneben ragte noch immer das *Verkauft*-Schild in die Nacht. Die Steinplatten des ansteigenden Weges zum Haus waren längst vom Gras überwuchert. Bei jedem Schritt schlang es sich um Zolis schwarze Arbeitshosen, leckte mit rauen Zungen über den Stoff.

Nahm einen Vorgeschmack.

Zoli beschleunigte die restlichen Schritte, nahm drei Stufen aus Stein zur Haustür. So wie alle Fenster war sie mit Metallabdeckungen gegen Eindringlinge versiegelt. Rostig und verbeult, machten sie einen mitgenommeneren Eindruck als das Gebäude selbst. Vor allem die gleich neben dem Eingang. Jemand hatte mit dem Hammer auf das Metall eingeschlagen. *Von innen,* dachte Zoli befremdet. *Als wollte jemand unbedingt raus. Entkommen.*

Er schüttelte den Kopf. *Mach lieber, dass du reinkommst.*

Sowohl Kette als auch Vorhängeschloss der Metalltür waren neu. Kein Problem, sie zu knacken. Die alte Holztür dahinter war offen. Schwang auf wie frisch geschmiert.

Vor ihm ein Flur, eine Holztreppe nach oben. Beide verloren sich in der Finsternis. Das Licht der Straßenlaternen drang kaum noch herauf, der Mond war zu dürr, um auszuhelfen. Der instinktiv ertastete Lichtschalter klickte nutzlos. Kein

Strom. Warum auch? Zoli machte ein paar Schritte nach vorn. Seine Profilsohlen sanken ein wie in einen Schimmelrasen. Schrecklich, diese irischen Teppiche.

Er fischte in seiner Jacke nach der Taschenlampe, schnupperte. Der übliche Muff unbewohnter Häuser. Feuchtes Gemäuer. Schimmel in den Stoffen. Und etwas anderes. Ein stechender, ammoniakscharfer, vertrauter Geruch. Schweine. Der Horror einer Kindheit auf dem Bauernhof. Ihre grausamen Augen, ihr mahlendes Schmatzen und ihr Dreck, ihr höllisches Quieken. Schlachttag.

Kälte kroch Zoli in den Kragen, in die Ärmel, die Hosenbeine nach oben. Schweinemist, so ein Blödsinn. Seit den Neunzigern lebte hier kein Mensch mehr, und schon gar kein Haustier. Er schnupperte noch einmal. Dumpfer Moder, sonst nichts. Eine Stille, als hätte er jemanden im Haus überrascht, der nun angespannt lauschte. Irgendwo tropfte es. Wasser aus einem schlampig zugedrehten Hahn. Blip. Blip.

Reiß dich zusammen, idióta.

Zoli schaltete die Taschenlampe ein. Ihr Strahl fiel auf ein an der Wand befestigtes Poster. Eine Kreuzung zwischen Schwein und Mensch starrte ihm davon entgegen. Blonde Haare, Schweinerüssel, lasziver Blick.

»Miss Piggy.« Jemand kicherte. Ein dunkler Umriss, der mitten in der nun weit geöffneten Haustür hinter ihm stand. »Ja, so nannten sie die arme Dympna immer.«

Zoli unterdrückte einen Schreckenslaut. Zum Glück. Es war nur eine alte Frau. Trekkingschuhe, Rock im Schottenkaro, eine Brille an der Kette. Silbrige Strähnen in ihrem strengen Haarknoten. Sie stand etwas schief, wie unter Schmerzen. Wie war sie so schnell den Abhang nach oben gestiegen? Ohne dass Zoli sie gehört hatte?

»Sind Sie der neue Besitzer?« Hörte sich an, als wüsste sie die Antwort bereits.

»Ich arbeite für ihn.« Zoli setzte sein Pokerface auf. Seine effektivste Waffe, wie Matt immer behauptete.

»Ach so.« Die Alte bleckte ihre schlechten Zähne. Sie hatte einen Hund dabei. Ein riesiger schwarzer Schäfer, an der untersten der drei Stufen. Er grollte leise in ihre Richtung. »Dann gebe ich Ihnen einen guten Rat, junger Mann. Gehen Sie nach Hause, jetzt gleich. Und dann suchen Sie sich einen besseren Boss.«

Ein paar Sekunden hatte Zoli keine Ahnung, was er darauf antworten sollte.

»Hetzen Sie sonst den Hund auf mich?«

Ein Kichern wie Eierschalen. Dünn, brüchig, scharf. Sie tupfte sich die Mundwinkel mit einem zerknüllten Taschentuch. »Jesus, mein Zeus würde keine Pfote über diese Schwelle setzen. Tiere sind so viel klüger als Menschen, finden Sie nicht?«

Das Grollen des Hundes wurde lauter. Sein Rückenfell war gesträubt, der Schwanz zwischen den Hinterläufen. Er war nicht aggressiv, sondern hatte Angst. Nicht vor Zoli. Vor dem Haus, in dessen Flur er noch immer stand. Die Alte stand mitten im Eingang.

»Sie Herzblatt sind nicht von hier und haben deshalb keine Ahnung«, sagte sie. Ihre Nachsicht war Zoli unheimlicher als ihre Strenge von vorhin. »Aber ich wohne in dieser Straße, seit ich geboren bin. Torca House kennt nur eine Besitzerin, und das ist Dympna O'Keefe.«

»Miss Piggy?«

»So nannten sie die arme Dympna immer.« Sie wischte sich wieder die Mundwinkel, schaute an Zoli vorbei, in die Dunkelheit hinter ihm. Runzelte die Stirn, als hätte sich etwas darin bewegt. »Die O'Keefes waren tragische Leute, müssen Sie wissen. Viele von ihnen wurden verrückt, auf die eine oder andere Weise. Der Vater und zwei Söhne fielen im Steinbruch zu Tode, die Mutter verfiel danach dem Suff und machte den drei O'Keefe-Schwestern das Leben zur Hölle. Man sagt, sie habe auch ein unheiliges Verhältnis zum ältesten Sohn gehabt.«

Die Alte bekreuzigte sich. Schien nicht zu hören, was Zoli jetzt hörte. Ein dumpfes Knarren über ihren Köpfen. Ein wenig, als setzte sich jemand Schwergewichtiger im Bett auf.

»Gemeinsam haben Mutter und Sohn den Hof hinuntergewirtschaftet. Zwei der O'Keefe-Schwestern wanderten aus, so weit weg, wie sie konnten. Nur die arme Dympna blieb als Jüngste zurück. Pflegte ihre Mutter bis zum Tod und war ihrem Bruder zu Diensten. Manche munkelten sogar, sie wäre einmal von ihm schwanger gewesen. Ich selbst habe das nie geglaubt, aber Sie wissen ja, wie die Leute sind. Man sah auch nie ein Kind auf dem Hof. Die arme Dympna wurde eben nur fett. Das Essen war ihr einziger Trost. Und ihre Schweine.«

Geräuschvoll holte die Alte Luft. Es war still. Kein Knarren mehr. Zoli graute es trotzdem. Vor Torca House. Vor den Menschen.

»Deshalb Miss Piggy.«

Die Pupillen der Alten waren eulengroß hinter den Brillengläsern. Blau und gefühllos, wie die des Menschenschweines mit blonder Perücke auf dem Poster.

»Das hing eines Tages außen an der Tür. Wahrscheinlich einer der Teenager aus der Nachbarschaft, niemand weiß es genau. Und Dympna hat es behalten, Gott weiß, warum.« Sie schüttelte den Kopf über so viel verzweifelten Humor. »Sie hatten zehn Sauen am Anfang. Als es abwärtsging, hat Dympnas Bruder John sie dann geschlachtet, eine nach der anderen. Direkt hinter dem Haus. Egal, wie sehr Dympna heulte und flehte und die restlichen Schweine schrien. Es war schrecklich mitanzuhören. Haben Sie das jemals mitangehört, junger Mann?«

Ja. Zoli konnte nur nicken. Seine Kehle war zu eng geworden für Worte. Und wieder hörte er Schritte. Direkt über ihnen.

»Sie hat so lange durchgehalten. Als ihre Mutter und ihr Bruder endlich tot waren, hätte sie ein besseres Leben führen können. Aber sie war zu wunderlich geworden. Ließ die restlichen drei Schweine mit sich im Haus leben. Tick, Trick und Track.« Sie kicherte erneut. Ignorierte das immer lautere Knurren in der Kehle ihres Hundes. »Das Haus war in einem Zustand, sag ich Ihnen ... überall Saustall. Eine Weile haben die Regionalbehörden zugesehen, aber es gab einfach zu viele Beschwerden. Dann noch die Tierwohlfahrt. Man wollte ihr die Schweine wegnehmen. Das war zu viel für die arme Dympna.« Wieder bekreuzigte sich die Alte.

Zoli begann zu schwitzen. Er bildete sich nichts ein. Da waren Schritte. Ein schwerfälliges Schlurfen wie von Hauspantoffeln.

Draußen begann der Hund zu jaulen. Raue, panische Laute. Hörte die Alte das denn nicht?

»Man hat sie erst Tage später gefunden«, murmelte sie, legte sich die Finger über den Mund. Einstudierte Betroffenheit. »Der Bolzenschussapparat lag neben dem, was von Dympna noch übrig war. Grässlich. Aber die armen Tiere konnten nichts dafür. Die waren am Verhungern.«

In Zoli wurde alles heiß und flüssig. Er öffnete den Mund. Nichts kam heraus. In seiner Nase plötzlich wieder der Gestank von Schweinemist. In seinem Kopf Dympna O'Keefe. Tick, Trick und Track, die sich sattfraßen an ihr.

»Schusch, Zeus.« Der Hund gehorchte, duckte sich winselnd. Die Alte sah Zoli an.

Über ihren Köpfen wurden die Schritte leiser. Schlurften in den hinteren Teil des Hauses.

Zur Treppe, dachte Zoli. Holz knackte.

»Ist Ihnen nicht gut?« Die Alte bleckte wieder ihre Zähne. Gelb wie der Tee, den sie seit Jahrzehnten trank. »Vielleicht sollten Sie lieber nach Hause gehen, junger Mann. Bald ist Fütterungszeit.«

Dieser ukrainische Fecker. Ließ sich schon beim Auskundschaften erwischen, und dann noch beeindrucken von den Schauergeschichten alter Tratschweiber.

Warum sind unsere beiden Vorgänger denn wirklich auf Nimmerwiedersehen verschwunden? Huuuch, die hat sicher Miss Piggy gefressen!

Was für ein Loser. Dann hatte er noch gemeint, sie sollten den Auftrag vergessen und die Anzahlung zurückgeben. Als ob Matt die noch hätte!

Am liebsten hätte er die Pussy sofort zum Teufel gejagt. Aber woher so schnell einen Ersatzmann nehmen? Klar gab es immer Junkies, die alles für den nächsten Schuss taten. Aber bei denen wusste man nie, was ihnen einfiel im Drogenhunger. Wenn schon sonst nichts, konnte der ukrainische Fecker zumindest Vorhängeschlösser knacken. Aber es war das letzte Mal, dass er bei einem Ding mit dabei war, so viel war sicher. Mit Losern wollte Matt nichts zu tun haben. Das färbte bloß ab.

Zwei Abende später. Keine weitere Panne soweit. Sie sprachen kaum ein Wort, als sie sich am Eingang zum Steinbruch trafen. War besser so. Rein und raus, das war die Losung. Zack, zack, zack, ein klassischer Matt.

Die Straße ruhig, die Häuser dunkel, die Bewohner schlafend. Verborgen in Matts Tragetasche klirrten fünf Flaschen Corona leise gegeneinander, aufrecht wie Marschkörper in ihrem Bierträger. Fünfmal 330 Milliliter Benzin. Fünf Lunten, zu denen er eines seiner alten T-Shirts verarbeitet hatte. Das sollte reichen, um aus Miss Piggy ein Spanferkel zu machen. Wenn sich der Loser schon nicht mehr ins Haus traute, dann solle er wenigstens die Straße im Auge behalten. Nicht den gruseligen Steinbruch, nicht die in der Brise flüsternden Bäume, nicht den tief hängenden Himmel, aus dem es fein zu nieseln begonnen hatte: nur die Straße. Wenn sich da was rührte, oder in einem der Häuser, sollte er Laut geben. Aber nur dann, ging das klar?

Geht klar, Matt. Männer mit Angst waren so erbärmlich.

Matt zog die Tür hinter sich bis auf einen schmalen Spalt zu, schaltete die Taschenlampenfunktion seines Handys an und leuchtete in den Flur. Keine Spukgestalten. Keine Poltergeister. Ein altes Haus, *big deal*. Wenn auch erstaunlich gut in Schuss. Warum ließ der Besitzer die Hütte nicht einfach renovieren? Wozu abfackeln? Aber mit sowas kannte Matt sich nicht aus. Matt kannte sich mit Feuer aus. Und das fühlte sich in Dachstühlen besonders wohl. Also weiter, nach oben.

Auf dem Weg zur Treppe passierte er das ach so gruselige Miss-Piggy-Porträt an der Wand. Matt starrte es an. Es starrte zurück. Matt grunzte ihm zu. Es quiekte zurück. Klang zumindest so. Nach Schwein. Er hörte sich selbst lachen. Der Wind hatte aufgefrischt, mehr nicht.

»Matt?« Der Ostakzent war so dick, er schaffte es hinter ihm kaum durch die angelehnte Haustür. »Alles okay? Hast du das Poster gese...«

»Halt die Klappe! Oder haben uns noch nicht *alle* Nachbarn gehört?«

Zoli hielt die Klappe. Schritte entfernten sich die Stufen hinunter und durch das feuchte Gras, dann nichts mehr. Kurz lauschte Matt. Hörte nichts. Schüttelte den Kopf. Was für ein Jammerlappen.

In großen Schritten stieg er die Treppe nach oben, entschied sich im ersten Stock für die nächstbeste Tür links. Das Bad. Ein blinder Spiegel über einem gesprungenen Waschbecken, überall Mosaikfliesen in Pink. Hier drinnen hallte sogar Matts Atem. Es roch nach Durchfall, wahrscheinlich aus den Rohren. Er zog sich zurück, schloss die Tür wieder. Unbrauchbar, nächster Raum.

Er griff nach dem Türknauf, riss die Hand wieder zurück. Die glühte ja! Hektisch blies er sich auf die Finger. Das würde fette Blasen geben. *Fuck!* Er trat gegen die Tür, einmal, zweimal. Näherte sich dann dem Knauf vorsichtig mit dem Handrücken. Ganz normal und kühl. Was zum Teufel? Sowas konnte man sich doch nicht einbilden? Egal. Die Tür war offen. Und mit dem Schlafzimmer dahinter ließ sich was anfangen.

Auf einem Holzbett türmte sich ein Berg altes, verranztes Bettzeug, halb zugedeckt von einer Tagesdecke. Alles war fleckig und von Motten zerfressen. Auch hier stank es nach Durchfall, aber noch stärker. Schärfer.

Matt steckte sein Handy weg und bückte sich, holte eine der Flaschen aus der Tragtasche. Zog den Stoff aus dem Hals, genoss den vertrauten Geruch von Brennbarem. Die Leichtigkeit in seinem Kopf. Benzin roch so viel besser als Scheiße. Er verschüttete den gesamten Inhalt der Flasche vor sich in die Dunkelheit. Lauschte dem schweren Benzinregen auf Stoffen, Polstern, Teppich, bevor er die zweite Flasche und sein Zippo hervorholte. Ratsch, rrratsch. Ein noch bescheidenes Flämmchen fraß sich am Stofffetzen entlang. Ein heller, heißer Stern im ewigen Dunkel hier drinnen. Nicht mehr lange. Freudige Erwartung züngelte in ihm hoch.

Dann kam der Schock über ihn, wie Eiswasser aus einem Eimer. Das leise Quietschen von Bettfedern. Diesmal keine Einbildung, sondern ganz eindeutig. Instinktiv hielt er die Flasche hoch. Beleuchtete das Bett. Die Tagesdecke war zurückgeschlagen, darunter eine versudelte Matratze. Eine tiefe Mulde in der Mitte. Was auch immer darin gelegen hatte, es war schwer. Und es war mit Matt im Raum. Atmete rasselnd.

Zoli, schrie er. Wollte er schreien. Aus seiner Kehle pfiff es nur, wie Luft aus einem Ballon. Die Flasche fiel ihm aus der Hand, landete dumpf auf dem Teppich und rollte unters Bett, nahm ihr Licht mit sich. Übrig blieb Schwärze, darin gierig schnüffelnder Atem. Irgendwo vom vernagelten Fenster her. Eine Stimme voll unabgehustetem Schleim.

»Track, bist du das?«

Sein Atem setzte aus, sein Verstand.

Er wich zurück, stieß gegen die Tür in seinem Rücken, stolperte über seine Tragetasche. Darin klirrten die restlichen Corona-Flaschen. Er bückte sich, tastete. Etwas Feuchtes, Öliges an seiner linken Hand. Fuck. Da war etwas undicht.

Unter dem Bett flackerte es jetzt. Rauchgeruch.

Außerdem das Geräusch von Schritten. Pantoffeln, die über Teppich schlurften. Von weit her klopfte es. Ein Poltern unten an der Tür. Jemand wollte herein. Zu ihm. War das Zoli?

Er fummelte nach seinem Feuerzeug. Versuchte es zu entzünden, einmal, zweimal, dreimal. Seine Hand zitterte im Schein des Flämmchens, das jetzt den Stofffetzen ansteckte. Dann plötzlich wuchs es, schnappte nach seiner linken Hand, gierig nach den Benzinresten daran. Fuckedifuckfuck! Er ließ das Zippo fallen, schleuderte die Flasche von sich, in Richtung des unmenschlichen Schnüffelns. Sollte es brennen, dieses Hirngespinst.

Der Lichtschweif der Flasche zog einen Bogen durch den Raum. Auf dem Weg warf es sein Licht auf eine gedrungene Gestalt. Auf starre Schweinsaugen und eine rosige Stirn, auf der eine groteske Wundhöhle klaffte. Mit einem Schlag wurde es heiß, unerträglich heiß. Im Schein der Flammen stand die Gestalt zwischen Bett und dem Fenster. Bewegte sich nicht. Schnüffelte nur, während sich Rauch und der Gestank von verbranntem Fett ausbreitete.

Bye, bye, Miss Piggy.

Hustend wandte sich Matt um zur Tür. Zu. Aber wie ... dabei hatte er sie doch ... er musste sie vorhin selbst zugeschlagen haben, und – Fuck. Fuck! Das brannte! Der Knauf glimmte in der Dunkelheit wie eine Herdplatte. Er probierte es mit dem Ärmel seiner Trainingsjacke. Die schmolz bei der ersten Berührung, der Stoff verkohlt wie Wundränder. Die Tür blieb zu. Diesmal halfen auch Fußtritte nicht. Sie öffnete sich nur nach innen.

»Zoli!« Er hämmerte gegen das Holz. Hustete Rauch aus, sog noch mehr Rauch ein. Spürte seine Nackenhaare versengen und sich kräuseln. »Zoli, verdammt!«

Da war nichts. Nur diese Hitze von seinem T-Shirt, das am Rücken Feuer fing. Dieses schnüffelnde, gierige Atmen in seinen Ohren. Es klang so schrecklich vergnügt.

»Entschuldigen Sie die Störung, Ma'am.« Der junge Polizist tippte sich an die Kappe, machte die Andeutung einer Verbeugung. »Wir befragen gerade die Nachbarschaft wegen eines Vorfalls letzte Nacht.«

»Aber natürlich, junger Mann.« Sie betrachtete ihn durch ihre Bifokalgläser, öffnete die Tür etwas weiter. »Wollen Sie vielleicht Tee? Sie sehen so durchfroren aus.«

»Nein danke«, er lächelte knapp. »Ich mach es auch kurz. Letzte Nacht ging bei uns ein anonymer Anruf ein, dass es in Torca House bei Ihnen gegenüber brennt. Die Kollegen von der Feuerwehr konnten bei ihrer Ankunft keinen Hinweis auf ein Feuer finden, weder innen noch außen. Haben Sie vielleicht etwas Ungewöhnliches bemerkt, zwischen Mitternacht und zwei Uhr morgens?«

»Bedauerlicherweise nein«, sie schüttelte den Kopf so entschieden, die Perlen ihrer Brillenkette klickten leise aneinander. »Ich hatte eine Pille genommen. Sie wissen ja, das Alter.«

Er lächelte, absolut ahnungslos.

»Sonst irgendwelche ungewöhnlichen Aktivitäten in der Gegend in letzter Zeit, die Sie bemerkt hätten? Menschen, die sich verdächtig verhalten?« Eine kurze Pause, dann vertraulich: »Der Anrufer hatte einen osteuropäischen Akzent.«

Sie runzelte die Stirn, schüttelte dann den Kopf.

»Es war alles wie immer, Officer.«

Der Polizist nickte ernst, als bestätige sich gerade ein Verdacht, kritzelte etwas in sein Notizbuch.

»Aber ich bin ehrlich gesagt froh, dass das Haus noch ganz ist. Der neue Besitzer will es abreißen lassen. Dabei hat es früher einmal meiner Familie gehört, wissen Sie?«

»Tatsächlich?«, fragte der Polizist mit vorgetäuschtem Interesse, klappte sein Notizbuch wieder zu.

»Ja, ich selbst war viele Jahre in Australien. Erst als meine jüngste Schwester ... Aber was halte ich Sie mit meinem Geschwätz auf? Sie haben sicher genug zu tun, Officer.«

»Sie halten mich nicht auf«, beteuerte der Polizist und wandte sich gleichzeitig zum Gehen, hob seine Kappe. Eine galante, altmodische Geste. Wahrscheinlich vom Land, der junge Mann. »Vielen Dank für Ihre Hilfe. Passen Sie auf sich auf, und falls Ihnen noch etwas einfällt, wenden Sie sich bitte an die Garda Station in Dun Laoghaire.«

»Das mache ich bestimmt, Officer.«

»Die Sache ist ziemlich simpel«, sagte die Frau. Sie nahm einen Schluck Kaffee aus ihrem Pappbecher. Ihr Business-Kostüm saß perfekt, die dünnen Absätze ihrer Schuhe versanken im vom Regen aufgeweichten Rasen. »Mein Auftraggeber hat ein Grundstück gekauft, am Dalkey Hill. Sagt Ihnen das was?«

Steve und Jamie wechselten einen Blick. Was glaubte die Tante? Dass sie unter einem Stein lebten?

»Klar.« Steve pfiff durch die Zähne. »Piekfein, da oben.«

»Beste Lage, ja.« Die Frau blies in ihren Kaffee. »Das Problem ist das leerstehende Farmhaus darauf. Es steht der weiteren Entwicklung des Grundstücks im Weg. Seit Jahren verhindern militante Nachbarn jedes halbwegs wirtschaftliche Projekt.« Sie verdrehte genervt die Augen. »Mein Auftraggeber will jetzt endlich Tatsachen schaffen.« Sie lächelte ohne Wärme, musterte zuerst Steve, dann Jamie. »Und hier kommen Sie ins Spiel, Gentlemen.«

ILKE S. PRICK
Dinner for one

Langsam zieht sie die Klinge über den unglasierten Sockel der Tontasse. Es ist eines dieser feinen Geräusche, die ins Mark dringen und eine Gänsehaut den Rücken hinabrieseln lassen. Ihr Kater liebt solche Klänge. Sirrt so ein Ton in der Luft, ist kein Versteck zu weit entfernt. Rolli kommt angerannt, mit seinem hungrigen Blick. Er streicht um Ritas Beine und verfolgt jede ihrer Bewegungen mit äußerster Konzentration. Er schmeichelt, balzt, schnurrt, die Augen beständig auf den Kühlschrank gerichtet. Abwartend, eine Pfote nach oben gereckt. Wie er bestechen kann mit seinen großen grünen Augen, mit diesem Maunzen. Und hat er Erfolg damit, wie auch jetzt wieder, beginnt das Spiel erst richtig:

Das Pfötchen angelt nach einem kleinen Stück frischer Leber oder Herz, das Rita an den Rand der Arbeitsplatte gelegt hat. Vorsichtig fährt Rolli die Krallen aus, piekt in die Oberfläche des Fleisches und zieht seine Beute voll Konzentration an der weißen Außenfront des Kühlschranks hinab. Dünne Rinnsale von Blut folgen dem Fleisch, und nach mehreren Stücken wirkt das Weiß der Kühlschranktür überzogen wie von steinzeitlicher Höhlenmalerei.

Es ist ihr Spiel. Rita findet es keineswegs so eigenartig wie andere Leute, die gelegentlich Zeuge dieses Rituals werden. Sie komme vom Dorf, sagt sie dann, halb amüsiert, halb entschuldigend. Da gehe man unverkrampfter mit solchen Dingen um.

Ihre Eltern hatten noch selbst geschlachtet, damals, als sie klein war. Jedes Jahr Anfang Dezember war der Vater mit einem rosa Schweinchen hinter dem Haus verschwunden. Kurze Zeit später war ein Quieken durch die morgendliche Stille gedrungen, die eigentlich erst danach so richtig still geworden war.

Als Rita älter wurde, durfte sie das Blut rühren. Dafür gab es schulfrei. Das Schweinchen hing dann, nachdem es ausgeblutet war, gebrüht und geschrubbt an jenem Haken an der Hauswand, an den die Mutter im Frühjahr das Makramee-Netz mit den Begonien hängte. Daneben stand die kleine Zinkwanne. Als Rita noch jünger war, hatte sie darin mit kaltem Brunnenwasser gebadet, in den Sommern, bevor es das aufblasbare Planschbecken gab.

An den Schlachttagen aber war die Wanne voll Blut. Es war gar nicht so unangenehm, wie es sich zunächst anhört: Blut rühren. In der winterlichen Kälte krempelte Rita den Ärmel ihres Wollpullovers hoch, setzte sich auf die kleine Fußbank neben die Wanne und begann, die gespreizten Finger durch das Blut zu ziehen. Die Flüssigkeit war angenehm warm, und wenn der Vater nicht schaute, machte sie kurz Pause, um ein paar Tropfen von ihren Fingern in den Schnee rinnen zu lassen, kleine Muster damit zu malen oder Figuren. Schön sah das aus. Weiß wie Schnee, rot wie Blut. Sie dachte an Schneewittchen, an den Prinzen und lächelte.

Schwieriger wurde es, wenn das Blut nach und nach abkühlte und immer zäher zwischen den Fingern klebte. Dann musste man kräftiger rühren, dabei aber sehr vorsichtig sein, damit das noch Flüssige nicht über den Wannenrand schwappte. Die geronnenen Schlacken streifte Rita von den Händen wie zuvor die roten Tropfen. Der Schnee um sie herum war schon bald nicht mehr zu erkennen. Kein Weiß, nur Rot. Das Blut durfte auf keinen Fall klumpen, sonst würde es schwierig mit der Rotwurst. Rita gab sich große Mühe, dass es nicht gerann. Nicht nur, weil sonst der Vater schimpfte und sie im nächsten Jahr kein schulfrei mehr bekommen hätte, sondern weil sie Rotwurst liebte. Schon damals war sie fasziniert gewesen, wie man aus Blut, ein bisschen Schwarte, Speck, Pfeffer, Salz, einem Hauch Piment und einer Prise von etwas Geheimem, das bei jedem Metzger ein anderes Gewürz in unterschiedlicher Dosierung war, so etwas Leckeres machen konnte.

Der Umgang mit Fleisch und Gewürzen hatte für sie etwas Magisches. Während ihre Mitschülerinnen überlegten, ob sie Verkäuferin oder Arzthelferin werden sollten, dachte Rita eine Weile darüber nach, ob sie Metzgerin werden könnte, oder Köchin vielleicht. Der Zubereitung von Speisen widmete sie sich mit großer Leidenschaft, und Kochen erschien ihr als ein beinahe alchemistischer Prozess, obwohl sie dieses Wort damals noch nicht kannte.

Doch ein Mädchen als Metzgerin? Der Vater schüttelte den Kopf. Das passte nicht in seine Welt. Außerdem war Rita klüger als die meisten in der Klasse. Die Lehrer rieten zum Studium. Sie entschied sich schließlich für Medizin. Die Begeisterung für das Kochen aber verlor sie nie.

Rolli wird langsam nervös. Fast die gesamte Leber ist schon im Fleischwolf verschwunden. Maunzend stupst er Rita an, die Krallen nur halbherzig eingezogen. Um eine wirklich gute Leberpâté zu machen, braucht es Zeit und Geduld. Die hat Rolli nicht. Er verfängt sich zwischen Ritas Hosenbeinen und beschwert sich lautstark über ihre Ignoranz. Sie wirft ein Stück Fleisch auf den Fußboden, und dank eines Pfötchenhiebs hier, eines Schnäuzchenstübers dort ziehen sich rote Spuren auch bald über das zartblaue Linoleum.

Die Kunst bei Pâté ist nicht nur, Geduld zu wahren und die richtige Mischung an Zutaten auszuwählen, wie zum Beispiel Majoran, Weinbrand, Pistazien und Apfelmus für eine Geflügelterrine oder Anchovis und Nelken für eine dänische Pastete. Man muss eine Pâté auch langsam und mit Bedacht bei milder Hitze garen, damit sie nicht trocken wird und zerbröckelt.

Rita ist geduldig und eine Meisterin in der Pâté-Zubereitung. Das hat sie auch Angelo gesagt, als er ihr heute Mittag in der Cafeteria der Uni-Bibliothek plötzlich und unverhofft gegenübersaß. Er hat sie angesprochen, dieses lässige Lächeln auf den schönen Lippen, und gefragt, ob an ihrem Tisch noch ein Platz frei wäre. Was ganz offensichtlich der Fall war. Die Cafeteria war gähnend leer, nur in der Ecke vor dem Getränkeautomaten lärmten ein paar Erstsemester. Angelo van Sandten, der schönste Medizinstudent der ganzen Uni – und Ritas heimlicher Schwarm seit fünf Semestern. Sie konnte nicht antworten, nur wortlos nicken. Mit Blick auf sein Tablett seufzte er, nahm Platz und stellte den Teller mit Gulasch Szegediner Art auf den Tisch. Eine bräunliche Pampe, bei der man die Fleischstückchen und das Sauerkraut nur erahnen konnte, drohte über den Rand zu schwappen. Daneben stellte Angelo den Salatteller, auf dem der Radicchio so traurig die Blattränder hängen ließ, als hätte er bereits letzte Woche schlechte Nachrichten erhalten.

Rita war derart aufgeregt, dass sie keinen Bissen hinunterbekam. Dabei war die Pâté auf ihrem Brötchen ganz frisch. Niemals aß sie diesen Fertigkram aus der Cafeteria. Nur im Notfall und bei Regenwetter saß sie hier, bestellte ein

Mineralwasser oder einen Tee und holte dann ihr eigenes Essen aus ihrer reich bestückten Lunchbox.

Fast neidisch blickte Angelo van Sandten auf ihr Mahl. Was sie denn da auf dem Brötchen habe, wollte er wissen. Der Duft sei ja einmalig. Wie ein Hauch Toskana mitten im norddeutschen Herbst. »Eher elsässisch«, antwortete sie und rettete sich in einen Vortrag über die Kunst des Kochens im Allgemeinen und die der Pâté-Zubereitung im Besonderen. Ohne Punkt und Komma referierte sie, als könnte durch eine Pause der Zauber des Augenblicks verfliegen und Angelo van Sandten sich in eine Fata Morgana auflösen.

Doch anstatt interessierte Fragen zu stellen, lachte er nur und schob seinen unberührten Teller zur Seite. Ob er mal probieren dürfe, war das Einzige, was er fragte, eher pro forma, denn bevor sie antworten konnte, hatte er bereits seine Hand ausgestreckt, um ihr die zweite Hälfte ihres Mittagessens aus der Box zu stibitzen. Mit Genuss drangen seine Zähne – seine schönen, weißen Zähne – durch die goldgelbe Kruste des Brötchens. Voll Verzückung schloss er die Augen. Seine Zunge, weich, liebkosend, fuhr über seine Lippen. »Himmlisch«, raunte er. Rita stockte der Atem. Angelo van Sandten, ihr Angelo! Er saß neben ihr!! Er aß ihr Brötchen!!! Mit ihren eigenen Händen gebuttert, mit ihrer selbstgemachten Pâté belegt. Es musste ein Traum sein.

Das Studium hatte ihr niemals Schwierigkeiten gemacht. Bis zu dem Tag, als sie zum ersten Mal diesen Mann sah: Angelo, der Himmlische. Ihr Engel. Plötzlich schien er in all ihren Kursen zu sein. Ganze Vorlesungen, an deren Titel sie sich später nicht mehr erinnern konnte, verbrachte sie damit, ihn einfach nur anzuschauen. In gebührendem Abstand saß sie schräg hinter ihm, immer zwei bis drei Reihen, schaute auf seine breiten Schultern, seinen weißen Hals, dieses schöne Gesicht. Stunden verbrachte sie mit der Betrachtung einzelner Locken, die sich in seinem Nacken kringelten. Spiralen aus purem Gold. Die Form seiner Ohrmuscheln, das Beben seiner Nasenflügel. Stunde um Stunde versank sie in seinem Anblick. Rita war relativ anspruchslos in ihrer Anbetung. Einfach nur schauen, einfach nur dasitzen. In seiner Nähe und in sicherem Abstand. Das war ihr genug.

Als sich dann allerdings vergangenes Semester eine dieser jungen Studentinnen, die vor Selbstbewusstsein nur so strotzten, weil sie schon zu Beginn des Studiums wussten, dass sie die Praxis ihres Vaters übernehmen würden, verdächtig oft in Angelos Nähe aufgehalten hatte, war Rita kurzzeitig nervös geworden. Die blöde Kuh mit ihren viel zu weißen Zähnen und den teuer gefärbten Highlights in ihrem mühevoll-nachlässig gebundenen Pferdeschwanz wollte sich scheinbar nicht nur mit dem Schauen zufriedengeben.

Fortan saß Rita etwas aufmerksamer in der Bank, bereit, sich über zwei Sitzreihen hinwegzuwerfen, um mit ihrem Drehbleistift dazwischenzustechen, falls sich die Konkurrentin dem Himmlischen nähern sollte. Doch nach den Prüfungen hatte sich dies Problem erledigt, und Rita hatte wieder freien Blick.

Sie schaut sich um. Die Küche sieht aus wie ein Schlachtfeld. Die Gürkchen für die Rouladen sind schon geschnitten, doch ob Rita noch dazu kommen wird, sie zu verarbeiten, weiß sie nicht. Während die Pâté im Ofen ist, will sie sich erst einmal um das Gulasch kümmern. Es war ein schönes Fleischstück, ohne Sehnen und nur zart von Fettadern durchzogen. Grob gewürfelt liegt es bereits in der weißen Porzellanschale. Beinahe zärtlich streicht Rita über den Messerblock auf der Anrichte. Sie ist froh, dass der Vater ihr vor seinem Tod die Schlachtermesser vermacht hat. Das große Hackmesser für die Knochen, das schlank angeschliffene zum Auslösen, das mit der langen Klinge zum Filetieren. Gut gepflegt, gut geschärft. Das erleichtert einiges am Herd.

Ein wunderbarer Nebeneffekt des Studiums war, dass sie in den Anatomiekursen auch viel über das Tranchieren gelernt hatte. In welche Richtung die Muskelfasern verlaufen, welchen Weg die Blutbahnen nehmen und wie man zum Beispiel eine Keule entbeinen kann. Den Ekel der Anderen im Präp-Kurs hat sie bis heute nicht verstehen können. Rita findet Sezieren faszinierend und keineswegs unnatürlich. Die Schweinchen in ihrer Kindheit sind eine gute Schule für sie gewesen. Aber das sagt sie nie laut. Als eine der wenigen war sie bei der Famulatur im OP nie umgekippt, was ihr große Komplimente des Oberarztes eingebracht hatte – und neidische Blicke der Kommilitonen.

Damit das Fleisch beim Gulasch schön saftig bleibt, wird es zunächst bei starker Hitze angebraten, so dass sich die Fleischfasern außen schließen und der Saft im Inneren verbleibt. Rita taucht den Stiel ihres Kochlöffels in das heiße Butterschmalz. Kleine Bläschen steigen am Holz empor. Die perfekte Temperatur. Vorsichtig lässt sie die Gulaschstücke in den Bräter gleiten. Sie hat nun Ruhe, denn Rolli ist satt. Er spielt nur noch mit dem Fleischstück, das sie ihm auf den Boden geworfen hat, und verteilt seine Pfotenabdrücke gleichmäßig über Küchentisch und Fensterbank. Rita gibt noch einige Möhren und Zwiebeln in den Topf, und dann einen Schuss Wein. Es zischt kurz, als sie das Bratgut ablöscht, und langsam durchzieht die Küche ein angenehmer Duft von zerstoßenem Koriander und Wacholderbeeren. Das harmoniert gut mit dem Kürbis, mit dem sie das Gulasch anschließend verfeinern will. Kürbis und Wild, eine wunderbare Kombination. Es würde ihm sicher gut schmecken. Sie wollte ihn so richtig verwöhnen. So war es geplant. Schon lange.

Am Nachmittag in der Cafeteria aß Angelo Ritas Brötchen. Ebenso wie die Panna cotta, die sie in einem kleinen Einweckglas aus der Tasche zauberte. Er mochte die Patê und fand Rita herrlich skurril. Dass sie ihm schon die ganze Zeit aufgefallen sei, sagte er. In Psychopathologie und in Pharmakologie. Auch ihre Stimme, die unverwechselbare, mit der sie stets die richtigen Antworten einwarf, selbst auf knifflige Fragen. Ob er sich auch daran erinnern könne, wo sie in fast allen Vorlesungen gesessen habe, wollte sie wissen. Bei seiner Antwort blieb er vage. Meinte nur, dass sie hier, in der Cafeteria, in der nun nicht einmal mehr die Erstsemester herumlärmten, die Einzige wäre, neben der er sitzen wolle, weil sie von einem gewissen Flair umgeben sei. Die Einzige, die ihn interessierte.

Rita ist kein auffälliger Typ. Das weiß sie sehr gut. Sie ist eher eine Frau auf den zweiten Blick. Oder auf den dritten. Ihr Freundeskreis ist überschaubar, auch wenn ihre Telefonnummer sehr begehrt ist bei denen, die Klausuren und Multiple-Choice-Tests auch ohne viel zu lernen bestehen wollen. Rita macht das nichts aus, solange ihr niemand falsche Interessen vorgaukelt.

Ob er gern zur Uni gehe, fragte Rita. Ach, die Uni, meinte Angelo. Die sei gut, um Leute kennenzulernen. Das Studium an sich sei nicht so sein Ding. Sein Vater leite eine Klinik, bemerkte er am Rande. Eine Privatklinik. Er lachte auf und warf dabei den Kopf in den Nacken, als würde das alles erklären. Dieser Hals, dieser wunderschöne Hals. Rita schloss die Augen und konnte ihr Glück kaum fassen.

Sie tranken noch einen Kaffee. Nachdem Angelo sich wie nebenbei erkundigt hatte, ob Rita wirklich so gut in sämtlichen Prüfungen abgeschnitten habe, wie sich alle erzählten, und sie nur mit den Schultern zuckte, fragte er sie, ob sie sich nicht einmal treffen könnten. Vielleicht bei einem kleinen Essen? So gut, wie sie koche, würde er sich gern bei ihr einladen wollen. Er beugte sich bei diesen Worten leicht vor, sah ihr tief in die Augen. Wieder dieses Lächeln, dieses einzigartige. Sie konnte sein Rasierwasser riechen. Zitrone und Hölzer. Er hätte Zeit, egal wann. Vielleicht gleich heute Abend? Das war mehr, als Rita sich je erhofft hatte. Beinahe mehr, als sie ertragen konnte.

Rolli kaut am Papyrus. Das verheißt nichts Gutes. Wahrscheinlich muss Rita gleich noch wischen. Sie hat sich alles stilecht ausgemalt. Die guten Kristallgläser, das Tafelsilber aus der Aussteuer ihrer Mutter, von dem sie ihr zwei Bestecke mitgegeben hat. Für besondere Anlässe. Rita hat sie bis heute in der Schublade gelassen, eingeschlagen in die weißen Damastservietten mit dem Monogramm ihrer Großmutter. Der Weißwein, passend zu den Saltimbocca. Sie hat sich immer vorgestellt, als Vorspeise für ihn noch etwas mit Fisch zu machen. Oder Austern. Aber nun ist es ganz anders gekommen.

Dieses Mahl hat sie eigentlich als Gipfel der Verführung geplant, an all den einsamen Abenden, an denen sie allein auf ihrer Matratze lag, sich nach Angelos Händen, seinem Blick, seinem Körper sehnte. Er würde essen, und sie würde ihn anschauen dabei. Er würde genießen, was sie mit Liebe zubereitet hat. Und mit den Gnocchi, mit dem Salat würde er sie verschlingen, sie in sich aufnehmen. Intimer hatte Rita sich diesen Abend kaum ausmalen können. Sie würde sich ihm entgegenstrecken, die Soße von seinen Lippen küssen, das Himbeermus von seinen Fingern schlecken. Eins werden mit ihm. Rolli beginnt zu würgen.

Zwanzig nach sieben hatte er geklingelt. Angelo van Sandten. Ihr Angelo. Zu spät. Mehr als das akademische Viertel. Bereits als er im Türrahmen stand, merkte Rita, dass etwas nicht stimmte und dass der Abend nicht so verlaufen würde, wie sie es sich erträumt hatte. Spürte Gewissheit, als er sie zur Begrüßung in den Arm nehmen wollte. Küsschen rechts, Küsschen links. Sie wich ihm aus. Angelo roch nach Bier. Profanem Bier. Gut, dass sie keine Austern mehr besorgt hatte, denn Austern und Bier sind eine Kombination, die sie ablehnt. Ein Treffen mit Freunden, ungeplant, sagte er, halb entschuldigend, und versuchte mit seinem Lächeln, diesem lässigen auf den schönen Lippen, wieder etwas gutzumachen. Rita platzierte ihn am Tisch und füllte die Suppe in die vorgewärmten Teller. Amüsiert beobachtete Angelo seine Gastgeberin und quittierte den Anblick der zarten Spargelspitzen kichernd mit: »Ein stärkendes Süppchen von meinem Püppchen.«

Rita wurde klar, dass er sich mit seinen Freunden mehr als ein Bier gegönnt hatte. Ihre Vorfreude, die bereits bei der Begrüßung in sich zusammengefallen war wie ein vorzeitig aus dem Ofen genommenes Soufflé, löste sich langsam auf, ganz und gar, wie die Crème fraîche auf dem Suppenspiegel.

Schnurrend reibt Rolli sein Köpfchen an ihrem Ellenbogen, während sie die Fensterbank putzt. Wie dumm, dass sie vorhin die Gardinen nicht geschlossen hat. Der alte Wischbieter hat sicher irgendwann am Fenster gestanden. Als sie beim Gulasch war, hat sie im Augenwinkel Licht in seiner Wohnung gesehen. In diesem Haus bleibt nichts verborgen. Nicht für länger. Besuch in ihrer Wohnung schon gar nicht.

Sie seufzt und krault Rolli unterm Kinn, was er besonders mag. Wie Mehltau legt sich eine tiefe Traurigkeit auf jede ihrer Bewegungen. Sie liebt diesen Kater, und sie mag ihre Wohnung. Es ist ihr einziges Zuhause, seit ihr Elternhaus aufgelöst, der Vater verstorben und die Mutter mit Demenz im Heim ist. Rita hasst Veränderungen. Und trotzdem.

Beim Hauptgang begann ihr Gespräch zu stocken. Zu schwer war seine Zunge, und nichts war mehr übrig von Ritas Träumen von heißen Küssen und wohltemperiertem Kalb. Er kleckerte die Soße auf sein Hemd und verrieb den Fleck mit der Damast-Serviette. »Gallseife«, sagte sie knapp, und er folgte ihr zum Waschbecken. Doch griff er dort nach ihr und nicht nach der Seife. »Lass das!«, sagte sie, aber er lachte nur und warf den Kopf in den Nacken. Der Hals, die weißen Eckzähne, das gab ihm etwas Wölfisches, das Rita schaudern ließ.

Seine Arme fest um sie geschlungen, drängte er sie zur Anrichte und murmelte etwas von den anstehenden Klausuren. Sein Griff war wie ein Schraubstock. Sie bekam keine Luft mehr. »Ist doch ein guter Deal für dich«, raunte er. »Ich bestehe das Examen, und du darfst mich vernaschen.« Er drehte sie zu sich. Sein lässiges Grinsen machte sie nur noch wütender. Ihre freie Hand tastete blind über die Anrichte, suchte Halt, umklammerte Sicherheit. Sein Mund, sein eigentlich doch so schöner Mund, näherte sich ihrem Gesicht und sprach noch einmal aus, was sie in ihren Träumen erhofft hatte. Nur nicht so, nicht auf diese Weise, nicht jetzt. »Los komm, vernasch mich!«, raunte er. Und das tat sie dann auch.

Schade um die Himbeercreme auf Vanillespiegel, die es zum Nachtisch geben sollte. Rita stellt die unberührten Schälchen in den Kühlschrank. Mit einem Zahnstocher hatte sie in filigraner Kleinarbeit die leuchtend roten Fruchtmuskleckse auf der Vanillesoße zu einer Blumenranke verbunden. Nun würde das Dessert irgendjemand anderem schmecken. Es war ihre Inszenierung, aber Angelo hatte sich einfach nicht an die Spielregeln gehalten. Wäre er wirklich ein Engel gewesen, ihr Engel, hätte er zumindest bis zum Nachtisch gewartet. So wie sie es geplant hatte. Mit dem Essen, mit den Kerzen, mit dem Wein.

Betrübt wirft sie einen letzten Blick ins Schlafzimmer. Hat sie alles? Garderobe für unbestimmte Zeit, ein paar Bücher, ihre Zeugnisse. Gute Ärzte werden überall gebraucht. Den Messerblock ihres Vaters hat sie natürlich auch eingesteckt, gut geputzt und desinfiziert. Nachlässig zieht sie die gestärkte Leinentischdecke über den tranchierten Oberschenkel des nackten Mannes auf ihrem Bett, der kaum noch Ähnlichkeit mit Angelo van Sandten hat. Rita bedauert ein wenig, dass sie seine Rouladen nicht mehr fertig bekommen hat. Sie zieht den Mantel an, stellt die Koffer nach draußen und streicht noch einmal traurig über Rollis Köpfchen, bevor sie ihn wieder zurück in die Wohnung schiebt. Um ihn wird sich sicher jemand kümmern.

Die Tüte mit der frischen Pâté hängt sie an die Wohnungstür ihrer Nachbarin schräg rechts. Die mag Leber sehr und schätzt Ritas Pastete über alles. Das noch warme Gulasch hat sie in ihre größte Gefrierbox verpackt und überreicht es der Hauswartsfrau im ersten Stock, mit einer Entschuldigung für die späte Störung. Der Zustand ihrer Mutter habe sich verschlechtert. Sie müsse gleich aufbrechen und wisse nicht, wie lange sie fort sein werde. Wenn sie in drei Tagen noch nicht zurück wäre, könne die Hauswartsfrau gern die Blumen gießen. Den Schlüssel habe sie ja. Rolli sei bis dahin gut versorgt. Danke schön und gute Nacht.

Als sie durch den Hof geht, dreht Rita sich noch ein letztes Mal zum Küchenfenster um. Doch Rolli sitzt nicht wie sonst auf der Fensterbank, um sie zu verabschieden, denn er ist bereits wieder dabei, ein Stück Fleisch auf seine Kralle zu piksen und über den frisch geputzten Fußboden zu ziehen. Archaische Muster.

CLAIRE BEYER

Der Fahrstuhl

Sie waren zerkratzt und verschmutzt, wie die meisten Auf-
zugstüren in Bahnhöfen. Das Sichtglas war dumpf und blind,
die ehemals silbrige Farbe der Kabinenumrandung überzogen
von einer dunklen Schicht aus Smog, Parfüm, Ungeduld und
Lethargie. Der Rufknopf an der Seite zeichnete sich durch
völlige Unlesbarkeit aus. Alles nicht gerade vertrauenerweckend, aber er wollte sein Gepäck auch nicht über die Rolltreppe nach oben hieven; der Handgriff seines Koffers war eh
in einem beklagenswerten Zustand. Im Gegenteil, er war froh,
den Fahrstuhl, der sich hinter einer der Säulen des Bahnsteigs
versteckte, überhaupt gefunden zu haben.

Als sich die Türen öffneten, betrat er die Kabine dann doch
mit Unbehagen, das Innere des Fahrgastraums war nicht viel
besser als das Äußere. Als er einem plötzlichen Impuls fol-
gend zurück auf den Bahnsteig wollte, war es zu spät. Die Türen hatten sich geschlossen, und mit einem Geräusch, das an
ein Seufzen erinnerte, setzte sich der Fahrstuhl in Bewegung.
»Nur die eine Etage nach oben«, dachte er und schloss kurz
die Augen, »das halte ich durch.«

Er würde aussteigen, die U-Bahn zu seinem Hotel nehmen.
Abends würde er seinen Verleger treffen, um ihm seine neue
Romanidee vorzustellen. Zwar befanden sich bisher nur wenige Stichworte dazu auf seinem Laptop, doch er war sich sicher, dass er es auch so hinbiegen würde mit dem Vorschuss,
mit Charme, viel Gerede und ein paar Gläsern Wein. Müsste er

nicht längst oben angekommen sein? Durch das blinde Sichtglas der Fahrstuhltüren erkannte er schemenhaft, dass der Aufzug abwärts fuhr. Hektisch drückte er die wenigen Knöpfe des
Bedientableaus, aber der Fahrkorb hielt nicht an. Oder doch?
Seine Augen signalisierten Stillstand, das Innenohr Bewegung, der Magen hob sich und begann zu rebellieren. Hätte er
seine Gedanken in diesem Augenblick festhalten können, sein
neuer Roman wäre vollendet gewesen. Aber die Ideen verloren
sich im Nirgendwo. Unvermittelt hielt die Kabine an. Es war,
als würde die Aufzugsanlage *ausatmen*. Das spärliche Licht im
Innenraum erlosch, durch das milchig schmutzige Glas drang
nur ein schwacher Lichtschein. Er tastete sich erneut zu den
Knöpfen, drückte sie planlos, der Schweiß trat aus allen Po-
ren, nur: Es tat sich nichts. Die Türen blieben verschlossen. Er
presste sein Gesicht gegen die stumpfe Scheibe und konnte die
Konturen menschlicher Körper erkennen. Er hämmerte gegen
das Glas und erstarrte im selben Augenblick. Jemand bog ihm
mit aller Kraft den anderen Arm auf den Rücken.

Vor Überraschung schrie er auf, wurde hysterisch, versuchte
sich zu befreien, aber dieses Etwas, dessen Griff stark und von
Eiseskälte war, ließ ihm keine Chance. Er sackte zusammen.

Als er aus seiner Bewusstlosigkeit erwachte, saß er an eine
Säule gelehnt da. Koffer und Rucksack hielt er im Arm. Vor
ihm stand eine Gruppe von Gestalten, die ihm allesamt den
Rücken zukehrten. Schnell stand er auf, um einen von ihnen
zu fragen, wo er sich befand und wie er auf den Bahnsteig zu-
rückkäme. Doch als er sprechen wollte, brachte er keinen Satz
hervor, sondern krächzte nur, und wie auf ein Zeichen fuhr die
Gruppe herum. Die Gestalten trugen Kutten mit weit über den
Kopf heruntergezogenen Kapuzen. Sie sahen aus wie gestran-

dete Mönche in einer Krypta. Von ihnen ging eine Kälte aus wie die aus einem Keller. Er wandte sich um, suchte nach dem Aufzug, doch als er neben sich nur in ein tiefes, schwarzes Loch sah, ließ er angsterfüllt sein Gepäck fallen und rannte – wie er hoffte – in Richtung des Ausgangs. Immer wieder sah er über die Schulter, dass ihm die Kapuzenträger folgten, und das, obwohl sie sich nicht zu bewegen schienen. Es war, als ob sie über dem Boden *schwebten*. Er musste sich in einem Alptraum befinden, oder in einer Art Wachtraum. Nur war die Meute hinter ihm so real wie seine Hand, mit der er sich über sein Gesicht fuhr.

Er lief. Weiter und weiter. Schon völlig außer Atem sah er in einiger Entfernung eine Diesellok, an die wenige Waggons angehängt waren. Der Motor dröhnte, der Zug war kurz davor, abzufahren. Er rannte um sein Leben. Eine Wagentür stand offen, er stürzte hinein, und jemand, den er nicht sah, schlug die Tür hinter ihm zu. Gleich das erste Abteil war leer. Erschöpft ließ er sich in den zerschlissenen Sitz sinken, die Tür im Blick. Nach ihm aber war niemand mehr zugestiegen, und nun setzte sich der Zug in Bewegung. Säulen und Wände flogen an ihm vorbei, und bald schaute er in eine offene Landschaft. Sie war ihm fremd.

Plötzlich bremste der Zug ab, hielt nicht an, fuhr aber in einen Bahnhof ein. Ein paar Leute standen eng beieinander auf dem Bahnsteig und starrten durch sein vorbeiziehendes Fenster, als bewegten sie sich mit dem Zug. Ihre Gesichter waren merkwürdig verzerrt; er kannte jedes einzelne. Seine Familie. *Die Atriden*, schoss es ihm durch den Kopf.

Als er noch ein Junge war, hatte sein Vater ihm von jenen erzählt, die verflucht waren, weil sie ihre eigenen Familienmitglieder ermordet hatten oder von ihnen getötet worden waren. Er hatte eine Höllenangst gehabt und sich die Ohren zugehalten, wenn Vater diese Schauergeschichten erzählte. Aber es hatte nichts geholfen. Ob er am Abend Holzscheite von der Rückwand des Hauses holen oder auf dem Dachboden die ausgelegten Kräuter wenden musste oder aber allein auf dem langen Schulweg war, immer folgten ihm, leise tuschelnd, die Atriden mit ihren Fratzen und klauenartigen Händen.

Der Zug beschleunigte, reduzierte dann erneut seine Geschwindigkeit. Wieder konnte er einzelne Gesichter auf dem Bahnsteig identifizieren. Sein Großvater war seltsam jung, trug eine Uniform und hatte ein Gewehr über die Schulter gehängt. Seine Mutter schielte grotesk und trug die Hippieklamotten, die er von dem Foto kannte, das sie ihm zugeschickt hatte, nachdem sie über Nacht verschwunden war. Sein Vater hob die Gerte, mit der er ihn gezüchtigt hatte, schwang sie wie einen Taktstock, und seine Tanten zeigten mit ihren Fingern auf ihn und zerrissen dabei Schulhefte.

Die Szenerie war so bizarr, dass er sich schaudernd abwenden musste, als der Zug erneut abbremste. Wenn er hinausgesehen hätte, hätte er sich selbst erkannt: den Jungen, der einen Ameisenberg angezündet, aus der Haushaltskasse Geld gestohlen und einen schmächtigen, gleichaltrigen Schulkamerad verprügelt hatte. Er aber hatte längst genug und war nun fest entschlossen, vom langsam fahrenden Zug abzuspringen. Er verließ das Abteil und postierte sich vor der Tür. Doch in dem Moment, als er den schweren Griff nach unten drückte, spürte er erneut die Eiseskälte aus dem Fahrstuhl, und wieder wurde mit einer wilden Stärke sein Arm auf den Rücken gebogen und er zurück auf seinen Platz im Wagen gedrängt.

Er saß gefühlt über Tage und Wochen in dem fahrenden Zug. Er spürte weder Hunger noch Durst, müde wurde er auch nicht. Irgendwann waren die *Mönche* in seinem Abteil aufgetaucht. Sie ließen ihn in Ruhe, bedrängten ihn nicht, aber sie starrten ihn aus leeren Augenhöhlen an.

Hatte er zu Beginn der Reise noch eine Möglichkeit gesucht, ihnen zu entkommen, so gab er diesen Plan nach und nach auf. Er zog sich ganz in sich zurück, begab sich auf eine innere Reise. Die Spur führte ihn immer weiter, er dachte an seine Mitmenschen, an die jüngste Vergangenheit, an die entferntere Vergangenheit. Irgendwann nahmen ihm Schuld und Last jede Kraft. Und dann, endlich, erlöste ihn ein gnädiger Schlaf von allen Schatten.

Als er wieder wach wurde, fror er. Und das, obwohl seine dunklen Begleiter verschwunden waren und der Zug zum Stehen gekommen war.

Er erkannte den Bahnhof wieder, an dem er in Todesangst in den Zug geflohen war. Ohne weiteren Zwischenfall öffnete er nun die Tür des Waggons und stieg aus.

Auf dem Bahnsteig erwarteten ihn wieder die Gestalten. Sie begleiteten ihn in die Halle zurück, in der er aus seiner Ohnmacht erwacht war. Sie führten ihn zum Aufzug, dessen Doppeltür weit offen stand. Daneben sein alter Koffer sowie der Rucksack. Er zögerte. Einer der *Mönche* hielt ihm ein Gewand entgegen, wie er, wie alle es trugen. Er nahm die Kutte an, streifte sie über und folgte den anderen bis zu den Säulen. Sein Gepäck ließ er zurück. Er würde es nicht mehr brauchen.

PAULINA CZIENSKOWSKI

Mutter, Vater, Kind

Als ihre Eltern längst überfüttert vor dem Fernseher einge-
schlafen sind, fährt sie nochmal hin. Sie leuchtet sich den
Weg mit ihrem Handy über den stockfinsteren, brachen Acker
hin zum Feuer, von dem bloß noch die Glut übrig geblieben
ist. Nur dann und wann schießen Flammen hinterlistig zün-
gelnd in die Höhe, um sich im nächsten Moment wieder zu
beruhigen.

Am frühen Abend zogen die Rauchschwaden noch in großen, unregelmäßigen Bewegungen nach oben in die Weite
des Himmels, der langsam begann, sich auf die Nacht vor-
zubereiten. Mit den anderen im Ort Lebenden und ihren Eltern schaute sie den emporsteigenden dichten Wolken wie
einstudiert hinterher. Gemeinsam folgten sie ihnen aufmerksam mit ihren Blicken. In allen Augen spiegelten sich die zu-
ckenden Bewegungen des Feuers in saftigem Gelbrot. Wie
gern sie ihrer Mutter und ihrem Vater dabei in die Augen gesehen hatte, die in diesem Moment auch so voll lebendiger
Wärme strahlten.

Eng an eng zogen sie Kreise um den brennenden Haufen,
wärmten sich an ihm und aneinander. Alles so schön normal,
ungewöhnlich. Man hörte das lautstarke Lodern, das Knacken
brechender Äste, das hektische Flattern der Flammen, die sich
bedingungslos durch die Trockenheit fraßen.

An jedem der Wochenenden, wenn der Frühling den Winter ablöst, stehen die Bewohner jenes Ortes, in dem kein

Haus neben dem anderen steht und man nur selten so nah wie in diesen Nächten zueinanderkommt, hier gemeinsam am Waldrand und lassen sich von den Flammen hypnotisieren. Wenn sie alle sonst in ihren abgelegenen Häuschen schlafen, verbrennen sie in diesen besonderen Stunden vor Mitternacht an diesen frühlingshaften Abenden gemeinsam tonnenweise zu Paketen geschnürtes Laub des vergangenen Jahres voller Schuldgefühle und lassen mit jedem neuen Ballen, der im Feuer verbrennt, Wünsche für den nahenden Sommer frei.

Niemand spricht ihn laut aus, den Wunsch, man teilt ihn mit niemandem, bevor er sich nicht erfüllt. Nacheinander murmeln sie tonlos in sich hinein, untereinander bleibt es wortkarg. Eine eigenartige Stimmung: Anonym und doch in Gemeinschaft fühlen sie sich miteinander geborgen, streifen mit ihren Blicken Gesichter, von denen sie bloß einige flüchtig kennen.

Nun also keine Rauchschwaden mehr und weit und breit keine andere Menschenseele als ihre. Im schwachen Schein des Mondes zieht sie aus ihrer Tasche einen drei Liter großen Frischhaltebeutel und fischt nach und nach kleine Happen Fleisch heraus. Auf dem Weg hierher sind die gefrorenen Würfel schon etwas angetaut. Konzentriert spießt sie sie mit dem gespitzten Stock, den sie bei sich trägt, auf wie Marshmallows. Mit bohrenden Bewegungen durchstößt sie geduldig die innere Eisschicht und sengt dann das in der Nacht weißlich schimmernde Fleisch nah über der Glut an. Es knallt, das Fett, kleine Explosionen schießen in die tauige Atmosphäre der Nacht, die schon bald zu Ende geht hier am östlichsten Ortsausgang. Süßliche Nuancen wabern an ihrer schmalen Nase vorbei, Schwefeldämpfe vom verkohlten Fleisch steigen ins Dunkel, Stück für Stück löst es sich in der Glut auf. Sie atmet tief ein.

Nur einen einzigen hat sie nun also erlegt, das ist schon okay, denkt sie und spießt noch ein Stück auf. Sie schluckt. Das war er nun also, ihr Bruder mit der Nummer dreizehn – so vermerkt in einem der Ordner im Regal zuhause. Auf den dort abgehefteten Seiten hat sie Geschlecht, Alter, besondere Eigenschaften, Nutzen und Abgang all jener notiert, die in den vergangenen Jahren bei ihr waren, mit ihr gelebt hatten. Für kürzer und länger, so wie er. Von manch einer dieser verlorenen Seelen, die sie bei sich aufnahm, hatte sie vielleicht mehr erwartet, ja sicherlich, so wie von ihm. Von anderen dagegen da wollte sie nicht immer alles. Manchmal war es nur die Aura, die sie versuchte, ihnen über Schweiß und Atem abzuzapfen, und später wie Duftspray im Haus verteilte. Und manchmal waren es bloß Ohrenschmalz, etwas Bauchfett oder Zellmaterial, das sie sich Schuppe um Schuppe mühsam zusammenklaubte und in ihre Körperlotion mischte.

In allen Fällen war es doch nie zu spät gewesen, sie ganz ohne Aufsehen wieder ziehen zu lassen. Gerade dann, wenn irgendetwas schiefzulaufen drohte, sie sich nicht zu Familienmitgliedern entwickeln wollten, wenn ihre Hoffnungen auf ein perfektes Idyll unerfüllt blieben.

Das von sich mit einer Schwester, einem Bruder und den gemeinsamen Eltern. Genau wie es mal war.

Jedes Mal verabschiedete sie sich also ganz ordentlich von jenen Menschen, denen sie zunächst gab, was ihnen fehlte, denen sie nah war, in die sie sich wie ein Parasit hineinbohrte und sie dazu brachte, ihr eigenes Nest, die Familie für sie, ein neues Zuhause, zu verlassen. Es zu vergessen und stattdessen ihr gaben, wonach sie doch so gierte. Nähe.

Ausnahmslos waren danach alle von ihnen Dutzende Kilometer weggezogen. Ein stilles Abkommen: Je größer der Abstand, umso sicherer fühlen sie sich. Nur selten, da rennt sie in eines der Mädchen hinein, das nach ihrem Abschied den Ort *nicht* verlassen wollte. Dort, wo es zwar kein wirkliches Zentrum gibt, wo man Einkäufe mehrere Orte entfernt tätigen muss in verschiedenen Gegenden, mal hier, mal da, wo sich die Häuschen derart weitläufig verteilen, dass man häufig tagelang keinem menschlichen Wesen begegnet. Und doch sieht sie das Mädchen häufiger, als ihr lieb ist. Es war zurück zu ihren Eltern, die einander und es, die Tochter, wie einen Spielball umherschubsten – etwa drei Häuser weiter südlich von ihrem gelegen. »Ein verlorenes Seelchen bleibt verloren«, hatte sie damals zum Mädchen gesagt. Sie ist froh, es vorhin am Feuer nirgends entdeckt zu haben.

Klein und feingliedrig hatte das Mädchen damals in der Parkanlage gestanden, mit der Mutter Tischtennis gespielt, an jedem zweiten Donnerstag, erinnert sie. Bei jedem Fehler rief sie der Tochter zu, dass ihre Vorhand »mindestens so unüberzeugend ist wie die Treueschwüre deines Vaters«. Mit weichen Gesichtszügen hatte die Sechzehnjährige voller Scham immer wieder zu ihr rübergesehen, wenn sie wieder dem unbezwingbar flinken Ball hinterhergerannt war, bis die Muskeln brannten. Währenddessen dribbelte sie einen Ball auf der Steinplatte nebenan und belauschte ungesehen, aber mit gespitzten Ohren Mutter und Tochter. Bis es schmerzte, nahm sie die Signale des der Mutter gegenüber wehrlosen jugendlichen Wesens dezidiert wahr.

Ein, zwei, drei Mal ging das so, bis sie nach dem vierten Donnerstag die Blicke des Mädchens als eindeutiges Hilfegesuch deutete, als willkommene Einladung interpretierte, es aus jener familiären Misere zu schälen und ihr Leben zu verändern. »Mit mir wird alles besser«, gab sie ihm zu verstehen, als es eines Nachmittags dann mit zu ihr nach Hause ging – und zunächst blieb. Von ihr, dem Mädchen, wollte sie alles. Sie wollte *sie*, als ihre Schwester.

In den gemeinsamen acht Wochen war das Mädchen so schnell gealtert, dass sie es heute bei den flüchtigen Begegnungen nur noch an dem fehlenden Daumen erkennt, den es so dringend hatte verlieren müssen. Sie selbst hatte auch bloß einen, ein Denkzettel der Genetik. Die linke Hand mit vier Fingern sollte sie beide von da an zusammenschweißen, so war das gedacht. Es war noch ernster, noch wahrhaftiger, als sich Blutschwesternschaft zu schwören. Also schnitt sie dem Mädchen, *Schwester Nummer sieben*, wie sie es im Hefter vermerkt hatte, mit einer Heckenschere auf drei das Daumengelenk durch. Sie zählten im Chor und dann schrie das Mädchen inbrünstig in ein Kissen hinein. Der lose Daumen landete wie eine Trophäe vor ihnen auf der Tischplatte. Das Mädchen blickte ihr, die direkt nach dem Schnitt den Nagel konzentriert und äußerst liebevoll mit einer Pinzette aus der Spitze des losen Fingers zog, bevor sie ihn in einer Kühlbox unter einem Satz Eispaketen verstaute, in die Augen und sah darin überbordenden Stolz glühen. »Noch nie war jemand so begeistert von mir«, flüsterte das blutende Mädchen, sodass sie es hörte. Und so fielen sie sich um den Hals, sprangen hysterisch vor Freude im Kreis. »Das ist meine Schwester«, riefen sie einander frenetisch entgegen, abwechselnd über Minuten hinweg.

Nicht lange danach begann die Naht, dann der übrig gebliebene Daumenballen, irgendwann alles bis zum Ellenbogen hinauf zu pulsieren. Eiterblasen zersetzten die Haut des Mädchens, es roch nach verwestem Fleisch. Nach Tagen der Verdrängung saß es eines Abends flehend vor ihr und bat sie, es von der faulenden Haut zu erlösen. Natürlich wollte sie ihm helfen, *Du bist doch meine Schwester*, dachte sie besorgt, nur würde dann alles auffliegen, auch das besorgte sie. Also sagte sie, weil es nicht anders ging: »Du bist zum Enttäuschen geboren!« Zum Abschied gab sie dem Mädchen den gefrorenen Daumen mit. Sie sah ähnlich gedemütigt aus wie noch vor Wochen an der Tischtennisplatte mit der Mutter und verschwand lautlos. Erst als ihre Schwester vom Grundstück verschwunden war, begann sie zu weinen.

Sie spürt, wie der Wald langsam erwacht, wie zwischen den Nadelbäumen wieder Bewegung aufkommt. Sie legt sich auf die Seite, presst ihr Ohr auf den Boden, hört ihr eigenes Blut rauschen. Auch wie sich Würmer durch die Erde schieben, geschäftig krabbelnde Käfer, bautüchtige Ameisen. Und sie sieht Vögel nah über sich hinwegsegeln, die Mücken aus der Luft zum Frühstück schnappen. Noch ein Griff in den Beutel, sie fischt das letzte Stück raus, spießt es auf.

Bei ihm, *Bruder Nummer dreizehn*, verlor sie nun also tatsächlich Kontrolle. Sie musste diese Abkürzung nehmen, die Zügel wieder an sich reißen, sie anziehen, bevor er alles beenden, mit einem Satz alles hätte versauen können. Sie vertraut nicht mehr, verhandelt nicht mehr. »Mit wem auch? Dem Leben?«, fragt sie in die Stille hinein. Mit dem hatte sie es immer gut gemeint, bis es ihr bei einem Auffahrunfall alles, was ihr lieb war, nahm. Alle weg.

Schon viel früher hätte sie wissen können, dass der Selbstzweck von *Bruder Nummer dreizehn*, bei ihr zu sein, keine Entscheidung *gegen* seine eigene Familie sein würde. Sie war eine »für dieses emotionslose Pack«, wie er es nannte, in das er unweigerlich involviert war. »Familie halt, eine Schande, dass einen niemand vorher fragt«, sagte er immerzu, und sie freute sich so über seine Wut, die nicht mehr loderte, sondern sich längst in sein Wesen gefressen hatte. Und genau an die konnte sie sich dranhängen. Sie nickte mit strahlenden Augen, rief lauthals bestätigende Laute aus.

Dann aber schien sie Zwischentöne zu überhören und übersah sein Zweifeln in ihrem Eifer. Sie war zu besessen von ihm, einem neuen Bruder, mit dem sie sich auch die Läuse vom Kopf gepult und gefressen hätte, wenn der Kühlschrank leer gewesen wäre. Für immer wollte sie mit ihm über dieselben Dinge lachen können, sich gemeinsam gegen die Eltern formieren, so wie Geschwister das tun. »Durch dick und dünn, für immer und ewig, mein Fleisch und Blut«, all diese, ja ganz recht, albernen Treueschwüre, die sie jeden Morgen ihrem Spiegelbild sagt, konnte sie plötzlich wieder an wen richten. So wie an die zwölf anderen Brüder, die es versuchten, und den einen davor.

Das Abwenden von seiner Familie aber, das merkte sie erst, nachdem er bereits einige Monate bei ihr gelebt hatte, war bloß die Art Liebesentzug, der nur forderte, endlich von dieser Familie *gesehen* zu werden. Sie war gescheitert als Parasit, denn *er* hatte sie schon früher für seine Zwecke instrumentalisiert, wollte nie zu *ihr* gehören, nie wahrhaft zu *ihrem* Brüderchen mit der *Nummer dreizehn* werden, sich nicht dazu machen lassen. »Nie, nie, nie«, ruft sie ins Leere. Ihr Atem zieht aggressiv zwischen ihren Zähnen hindurch nach oben in den Himmel, der am Horizont beginnt, nach und nach heller zu werden.

Dabei hatte *sie* ihn ja eben *nicht* ignoriert, so wie seine Familie, das *emotionslose Pack*, es getan hatte, erinnert sie weiter. Von

Anfang hatte sie ihm *echte* Blicke geschenkt, als er schlaksig mit übergroßer Sporttasche vor dem Eingang des Einkaufszentrums gestanden hatte, allein, vergessen vom Vater, der ihn hatte abholen wollen, um ihn nach Hause zu kutschieren. Von weitem hatte sie ihn Woche um Woche beobachtet, wie er dienstagabends wütend dastand, während vor allem die darunterliegende Traurigkeit sichtbar wurde.

»Große Jungs weinen nicht«, sowas rief ihm sein Vater jedes Mal spöttisch aus dem heruntergelassenen Autofenster zu, wenn er Stunden später angerast kam und seinem bedröppelt dreinschauenden Sohn noch im Fahren die Tür öffnete, und »Na Sportsfreund« grölte, so als wäre nichts gewesen. Kaum beide seiner schmächtigen Beine im Wagen, fuhr der Vater schon mit einem großen Satz weiter und verschwand vom menschenleeren Parkplatz in die Nacht hinein. Umso quälender der Anblick des Jungen für sie wurde, desto mehr verzauberte er sie.

Wortlos ergriff sie an einem späten Abend seine Hand, grub sich richtig in sie hinein, so wie es so lang schon niemand mehr bei ihm gemacht hatte. Als er zu ihr aufsah und sie ganz nah in sein noch jugendlich unproportioniertes, niedergeschlagenes Gesicht blickte, flüsterte sie zärtlich: »Wir alle dürfen weinen.« Und tatsächlich liefen ihr die Tränen über die festen Wangen einer Neunzehnjährigen, als sie bekräftigend die Augen schloss. Als sie auf ihr Auto zeigte, ihm zu verstehen gab, dass sie ihn mitnehmen könne, zögerte er keinen Moment. So hockte er neben ihr, die tatsächlich seine Schwester hätte sein können, ähnlich volle Wimpern, die dunkelgrüne Augen umrahmten, vertrauter Anblick. Als säße er in einem Kokon voll Sicherheit, die auch für ihn so unverständlich daherkam, stellte er keine Fragen, auch nicht, als sie in unbekannte Straßen bog. Er war zu durstig nach ihrer schützenden Hand um seine, nach sorgenden Blicken aus leuchtenden Augen. Sein Pullover war klamm von tropfenden Tränen, als sie ankamen.

Sie also gab ihm Geborgenheit und er ihr jene vom Vater verursachten offenen Wunden, in die sie dringen, die sie flicken konnte. Seine zarte Hilflosigkeit war es, in die sie sich hineingraben konnte. Er war ja kein Kämpfer, der wusste, wie er sich je verteidigen müsste. Immer dann, wenn es ihm nicht gut ging, fütterte sie ihn also mit Suppe, in die er lange Zeit hineinschluchzte. Der Abschied von seiner Familie fiel anfangs schwer, die Erinnerungen an den degradierenden Blick des Vaters verblasste. »Du musst, das wird dir guttun«, sagte sie, während sie mit dem randvoll gefüllten Löffel geduldig seinen Mund bewachte, wie eine Katze, die auf die aufblitzende Schwanzspitze der Maus wartete, um zuzuschlagen. Er aß und aß und aß.

Vor dem ständig laufenden Fernseher in ihrem Zimmer, das sie sich teilten, wie Geschwister das tun, lagen sie sich in den Armen und stießen sich neckend wieder voneinander weg. So wie Geschwister das tun. Für sie beide gab es nichts Schöneres, als sich durchs ewige Kabbeln anzunähern. Ihm brachte sie bei, wehrhaft und sich selbst zart zu sein. Nur übersah sie seine rasante Entwicklung, unterschätzte, dass er sich irgendwann wohl auch gegen das, was sie sich und ja auch ihm erschaffen hatte, auflehnen könnte; zumindest aber Freiheit einfordern. Es dauerte zweieinhalb Monate, bis er begann, ihr Fragen zu stellen. Sie wich ihm aus, wurde noch alberner, immer lauter, kitzelte ihn so doll, dass er keinen klaren Gedanken mehr fassen konnte. Plötzlich aber sprach er gegen das Kitzeln an, reagierte nicht mehr auf ihre auf seiner Haut hektisch tanzenden Finger. Ständig faselte er vom Vermissen, statt kreischend über sie, ihre Schwester, zu lachen, wenn sie im Wohnzimmer wieder alte Menschen beim Tanzen nachäffte oder sie gemeinsam auf gerollten Teppichen die Treppe hinunterrutschten.

Dann und wann kippte sie von da an sein Bett unbemerkt im 25-Grad-Winkel nach hinten, sodass er am nächsten Tag mit scheußlicher Migräne aufwachte und sie ihn pflegen konnte, ihn wieder mit Suppe füttern. So kontrollierte sie sein Wohlbefinden, hielt ihn möglichst wehrlos und zahm. Manchmal fuhr sie nachts auch mit der Flamme eines Feuerzeugs zwei Zentimeter über seinen unbekleideten Schienbeinen entlang, kitzelte ihn sanft mit einer Feder, ziepte leicht an seinen Armhaaren. Sie traktierte ihn gerade nur so viel, dass er nie ganz aufwachte, sondern in einem dauerhaften Dämmerzustand kurz vor Tiefschlaf blieb und gerädert aufwachte.

In die Suppe weinte er irgendwann nicht mehr vor Traurigkeit, sondern wutentbrannt, ohne zu brennen, denn er war nur müde. Das flüssige Fett auf der Oberfläche der Suppe, das Schlieren zog, sich in gelblich schimmernden, verzerrten Formationen in der Deckenlampe spiegelte, begann zu klumpen, denn sie wurde kälter und kälter, je länger er sich zierte. Wie bei einem Ablenkungsmanöver zeichnete sie sie spielerisch mit ihren Fingern nach, während er seine Lippen wie ein bockiges Kleinkind aufeinanderpresste. Doch nur ein kurzes Aufseufzen, der Versuch, etwas zu sagen, schon die kleinste Öffnung seiner schmalen Lippen, zack, nutzte sie ohne Zögern aus. Sie kannte das Spiel.

Immer wieder schielte er rüber zu ihren Eltern, die ja auch seine sein sollten. Mutter und Vater, wie sie es wollte, nannte er sie nicht ein einziges Mal. Mit abwesendem Blick saßen die leblosen, faltigen Gestalten auf den Sitzmöbeln und nahmen längst nicht mehr wahr, was hier passierte. Irgendwann, fand sie, schaute er die Eltern etwas zu genau an. Irgendwann bespuckte er sie dann mit der Suppe, nach der längst jedes Staubkorn in der Wohnung roch. »Wach werden«, wollte er den beiden ausdruckslosen Visagen zurufen, den Eltern, die sich nachts wie tags kaum regten. Aber auch ihm schwanden bloß Kräfte.

Die Suppe ist Programm, ihre Geheimwaffe. Sie hält gefügig und perfektioniert ihre Familienmitglieder. Mehrere Dutzend Weckgläser säumen die Küchenflächen, in ihnen kostbare Zutaten für die dauerhaft köchelnde Suppe. Mit vor Aufregung geballten Fäusten in ihren Jackentaschen – links Mut, rechts Macht –, bereit für jede Situation, zückt sie jeher immer dann ungesehen eine Nagelschere, sobald sie brauchbare Ingredienzien in ihrer Nähe wittert. Vor sich auf der Rolltreppe, an Kassenschlangen, im Bus oder Nagelstudio, bei Arztbesuchen klaubt sie sich diese zusammen. Fremdes Haar. Kraus, gelockt, aalglatt. Blond, brünett, pechschwarz. Rotstichig, gefärbt, gesplisst. Vertrocknet und vertalgt. Und nach zwanzig Uhr sieht man sie im Schwimmbad des Nachbarorts manchmal auf dem Boden der Duschen und Umkleiden herumkriechen. Auf der Suche nach gesplitterten Fußnägeln, gebrochenen Fingernägeln, manche mit Manikürkunst verziert, andere mit Pilz, Hautschuppen und Schorf jeder Art. Spuren sammeln. Die der Guten, Schönen, Mutigen, die der Witzigen und Liebevollen. Die, die sie an Mutter, Vater, Brüderchen und große Schwester erinnern.

Hatte ihm wohl alles nichts genutzt, denkt sie und spricht rhythmisch ins Feuer hinein: »Du wolltest, was du nie hattest, hattest es und wolltest es nicht. Du bleibst verloren, mein

Seelchen.« Ihr Bruder mit der Nummer dreizehn, den sie so gerne bis ans Ende bei sich gehabt hätte, ließ sie nun vor ein paar Tagen im Flussbett, rund vierzig Kilometer von hier entfernt, ertrinken. Mit Zement im Magen, von dem schon vorab sein System zu streiken begann. Um ganz sicherzugehen, hatte sie ihn in einen selbst genähten Anzug voller Taschen gesteckt, die sie am Ufer mit Steinen gefüllt hatte. Seelenruhig hatte sie zugesehen, wie er unterging, wie die Luftblasen zwischen den Stoffschichten an die Oberfläche gluckerten, als würde durch sie seine Seele entfleuchen. Mit Tüten schöpfte sie einige von ihnen ab, um zumindest das Gute von ihm zu bewahren. Bis zur Unkenntlichkeit hatte sie seinen Körper vorher noch bearbeitet, nun schmilzt das Abgetrennte in der Glut dieser Nacht vor ihr am Stock.

Der Beutel ist leer. Wieder allein, nur noch die Eltern da, die Alten, die, die vor lauter Trägheit eh bleiben werden – so wie das immer ihr Plan war. Weil sie müssen, längst bis zur Wehrlosigkeit sediert. Die anderen, die echten, wurden ihr genommen, noch lange bevor sie ergraut waren, obwohl sie sagten, sie würden sie niemals verlassen, so wie das Eltern doch sagen, nicht? »Die hier jetzt, die müssen bleiben«, murmelt sie energisch in sich hinein, als sie aufsteht, zum Auto läuft und zu den Lädierten nach Hause fährt.

Kurz bevor sie vorhin zurück zum Feuer fuhr, musste sie plötzlich auch ihrem Vater beruhigende Sch-Laute zusäuseln. Sie wurde sauer, weil es sie an den Bruder erinnerte, den sie da gerade in ihrer Handtasche verstaut hatte. Genau wie er, schlug nun auch der Vater den Kopf hin und her, versuchte sich zu verweigern. »Hast du dir das etwa beim Brüderchen abgeschaut? Pass bloß auf«, zischte sie ihm zu und schüttelte ihre Handtasche, in der *er* raschelte, »hörst du?«

Es dauerte bloß noch einen kurzen Moment, bis er den Kopf wieder erschöpft zur Seite neigte und die Augen sanft schloss. Ihre Mutter blickte sie, vor ihrem leeren Teller hängend, mit so traurig erschöpftem Ausdruck im Gesicht an, da war nichts mehr von den warm leuchtenden Flammen vom Feuer zu entdecken. Gut so, denkt sie, als sie die Tür hinter sich schließt; niemand braucht Eltern, die zu viel Raum einnehmen, sich verselbstständigen.

Wieder zuhause angekommen, sieht alles aus, wie sie es verlassen hatte. Ihr Vater sitzt noch immer an seinem Platz, an dem sie ihn vorhin probiert hatte zu füttern. Im leicht nach hinten geneigten Ohrensessel, die Beine auf dem gepolsterten Hocker vor ihm, döst er im Halbschlaf vor sich hin. Seelig fällt sie ihrer Mutter, die am Küchentresen mit fahler Haut wie immer das Frühstück zubereitet, um den schmalen Hals. Ihr hagerer Körper drückt sich mit seinen hervorstehenden Knochen in ihren fleischigen Bauch. Die Mutter lacht gewohnt mechanisch auf, und doch anders als sonst. »Was hast du, Mama?«, fragt sie misstrauisch, besorgt. »Er wollte nicht mehr«, sagt sie und schaut zum Vater. Sie hatte ihre Mutter angewiesen, ihn in ihrer Abwesenheit weiter die Suppe zu verabreichen.

Wie ein Hund schnüffelt sie nun kurz um ihn herum. Schnell entdeckt sie links neben dem Sessel, direkt vor dem Heizkörper unter dem Fenster, sein Erbrochenes. »So hab ich mir das nicht vorgestellt! Zu so einem hab ich dich doch nicht gemacht, Vater!« Sein schwerfälliger Körper regt sich zaghaft, als läge er in einem schalldicht verschlossenen Raum, in den ihr Gekeife nur abgedämpft hineinwabert.

Mit einem gummierten Küchenschaber spachtelt sie die luftgetrocknete Masse vor den leeren Augen der Mutter ab.

»Ich hasse Verschwendung«, sagt sie, als würde sie ihren sichtlich erschöpften Eltern damit das alles hier erklären. »Schau mich an«, befiehlt sie ihm nun. Er hängt da wie auf seinem eigenen Totenbett. »Stirbst du mir hier jetzt etwa weg? Wir hatten einen anderen Plan!«

Sie erinnert: Im vergangenen Sommer brachte ihr der Vater das Filetieren von Fischen bei, ihre Mutter das Listenschreiben, so wie Eltern das tun. Sie sieht zur Mutter auf, die noch immer apathisch zu Boden blickt. »Ich will doch noch so viel mehr«, ruft sie ihr zu. »Ihr sollt mit mir Filme schauen, Unkraut jäten, Lidstriche ziehen, Regenwürmer sezieren. Ich will Schachspielen lernen, Fensterputzen. Ihr sollt mich kraulen und mir zeigen, wie man Klamotten in der Badewanne mit Roten Beeten färbt.« Lebendig sollen sie sein, die Eltern, nur eben nicht zu sehr.

»Ich kann nicht mehr«, winselt ihr Vater, so leise, dass sie ihn auch wenige Zentimeter von seinem Mund entfernt kaum versteht. Man kann beobachten, wie seine Muskulatur im Gesicht versucht zu steuern, sich aber nichts öffnen, nichts bewegen lässt. Seine Augen sind geschwollen, vom Erbrechen von vorhin. Die Lider drücken aufeinander, so dass die Augen zu Schlitzen zusammengepresst werden, aus denen nur die feuchten Wimpernspitzen lugen. Er sieht aus, als hätte er sich verprügeln lassen. Entgeistert starrt sie ihn an, lässt ein paar Minuten vergehen und sagt dann: »Was für eine Enttäuschung.« Mit gesenktem Kopf marschiert sie zum Herd.

Es dauert nicht lange, da sitzt sie wieder mit einem Löffel vor dem Vater, er noch immer unbewegt. Diesmal schiebt sie ihm graue, dickflüssige Pampe in den Mund, den sie mechanisch aufgehebelt hat und mit einer Maulsperre aus Streichhölzern offen hält. Nach etwa sieben Minuten ist der Teller leer und er noch weiter in sich zusammengefallen. Beim Nachschubholen sieht sie ihre Mutter über dem Topf hängen. Sie hatte die Situation gewohnt lethargisch aus der Küchentür beobachtet, nun schlürft sie in hohem Tempo große Schlucke des flüssigen Baubetons aus der Suppenkelle.

Ohne die Tochter anzusehen, quetscht sie sich, als sie ihre Blicke im Rücken spürt, an ihr vorbei durch den Türrahmen, geht schleichend, aber zielstrebig zum Vater, setzt sich auf den Boden und nimmt seine schlaffe Hand in ihre. Sie streichelt den welligen Handrücken. »Es hätte ja gutgehen können«, flüstert sie ihm zu, »doch ein verlorenes Seelchen bleibt verloren.« Dann lehnt sie ihren Kopf an seine Beine und schließt die Augen.

Die Tochter sagt nichts, läuft hinaus. Im Flur zieht sie einen Ordner aus dem Regal, kniet sich hin und blättert tief versunken, den Oberkörper über die Beine gelehnt, den Kopf Richtung Boden gesenkt, durch die Seiten bis zur letzten: »Bruder Nummer dreizehn: weg. Schwester Nummer acht: weg«, steht da. In schwer leserlichen Buchstaben notiert sie darunter: »*Vater*«.

Das Huhn

Barbell hockte in dem sandigen Stück Erde, das sie ihren Garten nannte, und erntete ein paar Buschbohnen. Hinter ihr fiel das Tor scheppernd ins Schloss. Überrascht blickte sie auf. Das Grundstück lag etwas abseits des Dorfes, und es war noch immer zu heiß für müßige Spaziergänger. Seit einem Jahr ließ Bauer Kunke sie auf dem Gelände Gemüse anpflanzen, wenn sie im Gegenzug seine Hühner fütterte. Sie hatte ihn ein-, höchstens zweimal hier gesehen. Heute nickte er ihr wortlos zu und ging gradewegs zum Hühnerstall.

Barbell richtete sich auf. Die Hühner gaben keinen Laut von sich, als der große Mann das Gatter aufschloss und mit schneller, sicherer Bewegung ein Huhn packte. Bedächtig untersuchte er es. Er wog es in den Händen, spreizte seine Flügel, betrachtete das Gefieder, riss mit schneller Bewegung eine Feder aus. Dann sperrte er mit Daumen und Zeigefinger dem Tier den Schnabel auf. Das Huhn hielt ganz still und ließ ihn gewähren.

Um den Bauern herum kratzten zwei Hennen träge im Staub. Ein paar weitere kauerten im Schatten des Stalls. Grau und trocken war der Boden. Auch jetzt noch, am frühen Abend, lag die Hitze schwer über dem Dorf. Alles schien auf die Kühle des Abends zu warten.

Die Arme schmerzten Barbell von den vielen Eimern Wasser, die sie heute getragen hatte. Jämmerlich klein kamen ihr plötzlich die paar Bohnen in der Schüssel vor. Sie versuchte, sich an die letzte Ernte zu erinnern. Was tat Kunke überhaupt hier? Mit einem Huhn unter dem Arm kam der Bauer jetzt auf sie zu.

»Da, schau.« Er baute sich vor ihr auf und drückte ihr das Huhn in die Hände. »Das ist ein gutes Tier. Das habe ich in Wolgast bekommen. Zwei andere sind mir schon verreckt. Die haben nicht mehr gefressen. Gestern Abend hab ich sie hier draußen liegen lassen, für den Fuchs. Aber noch nicht mal der will sie haben.«

Er deutete in die Ecke hinterm Zaun, wo der Kompost stand. Erst jetzt fiel Barbell der Haufen brauner Federn auf, der reglos in der Sonne lag. Große schwarze Fliegen schwirrten über den kleinen Kadavern. Wie konnte Barbell sie nicht bemerkt haben?

Das Huhn in ihren Händen kam ihr erstaunlich leicht vor. Seine Flügel hingen matt herunter. Es wandte ruckartig den Kopf, sah sie an und krallte einen Fuß in ihren Unterarm. Barbell zuckte zusammen. Wie ein Schraubstock schloss sich die Kralle um ihr Handgelenk und bohrte sich in ihre Haut. Sie kannte das Tier. Es war größer und dunkler als die anderen. Es war ihr bestimmt schon drei, vier Tage nicht mehr entgegengelaufen, wenn sie zum Füttern mit den Körnern kam. Sie hatte sich nichts dabei gedacht. Barbell spürte den Atem des kleinen Gerippes gegen ihren Bauch. Es war unangenehm warm. Sie begann zu schwitzen.

Gerade wollte sie es dem Bauern zurückgeben, als von der Hauptstraße her Rufe erklangen:

»Die Hexe kommt!«

»Die Reesen!«

»Sie wird brennen, die Hexe!«

»Sie kommt gleich vorbei!«

Bauer Kunke horchte auf und reckte den Hals. Aufgeregt fing er an zu murmeln: »Die habe ich gekannt, die Reesen. Eine ganz Eigene war das gewesen. Kein Wunder, dass die jetzt verbrannt wird. Und drei kranke Hühner, wenn das kein schlechtes Omen ist!«

Er ging zum Kompost, griff ein paar faulige Äpfel und drehte sich zu Barbell um: »Komm, lass uns die Hexe angucken, bevor sie brennt.«

Schnell folgte sie Kunke zum Dorf hinunter. Mit langen Schritten und geballten Fäusten lief er vor ihr her. Der Bauer kam also häufiger in den Garten, als sie dachte. Diese kranken Hühner. Es hätte ihr auffallen müssen. Sie hatte sie gefüttert wie immer.

»Die Hexe! Die Hexe!«, schallte es wieder. Das ganze Dorf schien sich zu versammeln. Barbell beschleunigte ihre Schritte. Sie hatte noch nie eine Hexe gesehen. Aber jetzt kam eine durch Koserow, um in Zempin verbrannt zu werden. Immer mehr Stimmen waren zu hören. Die Stille, die Hitze, alles löste sich in diesem Stimmengewirr auf, alle waren gekommen. Sie würde eine Hexe sehen.

Ganz verschwitzt erreichten beide die Hauptstraße. Überall standen Menschen. Viele hatten vergammeltes Obst oder Gemüse dabei. Manche hatten den Kot ihrer Tiere in Eimern neben sich stehen. Die Kinder des Dorfes jagten sich rufend durch die Menge, dass der Staub wirbelte. Erst jetzt merkte Barbell, dass sie immer noch das Huhn in ihren Armen hielt. Es hatte sich noch fester in ihren Unterarm gekrallt und ließ den Kopf hängen. Ein strenger Geruch stieg von ihm auf.

»He Kunke, du hast sie doch gekannt, die Reesen, erzähl mal.« Die Magd des Bauern hatte sie entdeckt.

»Wann kommt sie denn?«, fragte der Bauer zurück.

»Kann nicht mehr lange dauern«, antwortete die Magd. »In Zempin errichten sie schon den Scheiterhaufen. Die Reesen hat gestern gestanden. Sag mal, ist sie wirklich so schön, wie alle sagen?«

Nachdenklich kaute der Bauer auf seiner Unterlippe. »Anne-Marie Reesen. Schön war sie allemal. Als Mädchen jedenfalls. Wie alt mag sie jetzt wohl sein? Vielleicht wie die Barbell hier?«

»Weshalb wird sie denn verbrannt?«, fragte Barbell schnell.

»Sie hat ihren Vetter verflucht. Sie ist ja in die Stadt zum Arbeiten. Und eines Tages taucht sie mir nichts, dir nichts wieder in Zempin auf. Ihr Vetter hat sie zu sich genommen. Sie sollte sich um seine Kuh kümmern und um das Kind. Tja, und das war sein Fehler«, antwortete die Magd.

Ein Mann, der neben ihnen stand, drehte sich um: »Fehler, Fehler. Die hat sein Söhnchen dem Teufel geopfert! Und in Zempin sind jetzt alle Tiere krank. Erst hat die Kuh viel Milch gegeben. Erstaunlich viel Milch, sagen manche. Aber die Kuh ist krank geworden. Und dann der Junge. Er ist immer schwächer geworden. Irgendwann waren beide tot. Und als ihr Vetter die Reesen zur Rede stellen wollte, war sie nirgends zu finden. Gut, dass sie sie jetzt gefangen haben. Zempin ist ja gleich nebenan. Hoffentlich haben wir auch was davon, wenn die brennt.«

Barbell kannte den Mann. Es war einer der Fischer, die etwas weiter unten im Dorf lebten. Vor einiger Zeit war er zu ihr nach Hause gekommen. Seit Tagen hatte er nichts gefangen, und seine Frau lag immer noch blutend im Wochenbett, nachdem sie ein Kind verloren hatte. Er hatte Barbell gebeten, mit zu ihm zu kommen. Sie als Jungfrau solle Schnüre um die Balken seiner Stube binden, damit sein Kahn hielte, damit die

Netze nicht rissen, damit die bösen Geister ihm nicht auf die See folgten. Barbell hatte sich geweigert.

Mittlerweile war das ganze Dorf an der Kreuzung versammelt. Sogar die alte Labahn, die sonst nur an ihrem Fenster saß, kam, auf ihren Enkel gestützt, herangehumpelt und bahnte sich schimpfend einen Weg durch die Menschen. Sie lehnte sich an eine Hauswand, nicht weit von Barbell entfernt. »Anne-Marie Reesen. Ja, ja. Die hat sich immer für was Besseres gehalten«, sagte sie, zu ihrer Nachbarin gewandt. Ihr Neffe spuckte kräftig auf den Boden.

»Vor solchen wie denen, da muss man sich schützen.«

Die Kinder hatten inzwischen ein neues Spiel gefunden: Unter großem Geschrei jagten sie einen kleinen, verwahrlosten Hund die Straße auf und ab. »Hexe! Hexe!«, riefen sie und droschen mit Stöcken auf ihn ein.

Als das verängstigte Tier an Barbell vorbeischoss, versetzte ihm jemand solch einen Tritt, dass es in hohem Bogen auf der Kreuzung landete. Unter großem Gelächter kroch es jaulend davon.

Langsam begann die Sonne zu sinken, die Häuser ringsum strahlten die Hitze des Tages ab. Alle hatten sich einen Platz gesucht, die Kreuzung fest im Blick. Die Gespräche wurden leiser, ungeduldiges Gemurmel machte sich breit.

»Wo bleibt sie denn, die Hexe?«, rief jemand und warf einen faulen Apfel nach dem Jungen, der sie mit seinen Rufen angekündigt hatte. Auch Barbell lehnte sich an eine warme Wand. Nicht weit von ihr lag der kleine Hund reglos am Straßenrand. Sie beobachtete, wie die staubige Erde sich um ihn herum dunkel färbte. Ihre Beine waren schwer. Sie versuchte sich auszumalen, wie sie wohl aussehen würde, diese Anne-Marie Reesen. Sie schloss die Augen.

»He, Mädchen, was machst du denn da mit deinem toten Huhn?« Die alte Labahn und ihr Neffe starrten sie an. Verwirrt blickte Barbell auf den Haufen Federn in ihren Armen. Das Huhn ließ weiter die Flügel hängen, sein Hals schien länger geworden zu sein, der Kopf baumelte schwer herab. Ihr Unterarm war seltsam feucht.

»Es ist nicht mein Huhn. Es ...«

Bewegung kam in die Menge. Eine helle Stimme rief: »Liebe Leute aus Koserow. Gleich kommt die Hexe vorbeigefahren! Aber erst könnt ihr meine Bälle tanzen sehen!« Ein Gaukler war auf der Kreuzung aufgetaucht und fing an, mit drei bunten Bällen zu jonglieren. Barbell lief auf die andere Straßenseite, weg von der Alten.

Während die Stimme des Gauklers über die Straße schallte, sah sich Barbell das Huhn genauer an. Es hing schlaff in ihren Armen, die Augen fest verschlossen. Aber seinen Griff hatte es nicht gelockert. Die Kralle war starr und fest. Sie zerrte daran. Suchend sah sie sich um. Sie könnte es hier irgendwo in einer Hausecke verstecken. Der Gaukler ging jetzt durch die Menge. Achtlos warfen manche ihm ein paar Münzen in den Hut.

Vor ihr standen jetzt drei Männer und unterhielten sich:

»Die Reesen hatte wohl sogar das Hexenmal. Mitten im Gesicht«, sagt der eine.

»Man muss wachsam sein. Immer wachsam«, erwiderte ein anderer.

Sie versuchte nochmal, die Kralle zu lösen. Rüttelte am Huhn. Der Körper war weich, aber die Kralle umklammerte weiter ihr Handgelenk. Plötzlich kippte der Kopf nach hinten, und der Schnabel klappte auf. Ein langer, weißer Wurm wand sich aus dem Tier heraus und ihren Arm hinunter. Erschrocken stieß sie einen kurzen Schrei aus.

Die Männer drehten sich zu ihr um. Einer davon war der Fischer. Er sah ihr direkt ins Gesicht und machte einen Schritt auf sie zu. Dann glitt sein Blick zum Huhn hinunter. Er holte aus und spuckte ihr genau vor die Füße. Barbell stolperte nach hinten und landete mit dem Rücken an einer Hauswand, das reglose Huhn immer noch in den Armen. Der Wurm war verschwunden. Sie musste dieses Tier loswerden.

Plötzlich dröhnten Pferdehufe auf der Straße. Alles um Barbell herum geriet in Bewegung.

»Da kommt sie! Da kommt sie! Die Hexe ist da!« Ein kleines Mädchen kam die Kreuzung hochgerannt. Barbell wurde gegen die Hauswand gedrückt. Irgendetwas Hartes stach ihr in die Seite. Der Körper des Tieres wurde gegen ihre Brust gepresst, es knackte. Die kleinen spitzen Knochen. Mit aller Kraft versuchte sie, dagegenzuhalten. Sie sah nur noch den fettigen Kragen des Mannes vor sich.

Die Menge drängt nach vorn. Arme und Beine, Bäuche und Rücken, gierige Köpfe. Barbell sah die glänzenden Augen, die gereckten weißen Hälse, sah die verkrampften Hände, die die matschigen Äpfel in Vorfreude zerdrückten. Ihr Herz klopfte. Sie sah die weit aufgerissenen Münder, die fauligen Zähne, roch die sauren Leiber. Keinen Zentimeter konnte sie sich rühren.

Und dann brach es los. Kot und Gemüse flogen durch die Luft. Rufe und Schreie erfüllten die Straße: »Hexe! Hexe!«

»Schaut ihr nicht in die Augen!«

»Verbrennt sie!«

»Auf den Scheiterhaufen mit ihr!«

Das Pferd, das den Gefangenenkarren zog, wieherte laut und verzweifelt, erhob sich auf die Hinterbeine. Einen kurzen Augenblick lang sah Barbell seinen schweren Kopf über der

Menge schweben: die Augen in Panik geweitet, die Nüstern aufgebläht, Schaum triefte vom Zaumzeug. Dann gab der Rücken des Mannes ihr die Sicht auf den Wagen frei.

Hinter den hölzernen Stäben kauerte eine junge Frau. Sie hielt den Kopf gesenkt. Brauner Matsch rann ihr langes, strähniges Haar herunter. Immer weiter prasselte Unrat auf sie nieder. Schwere, rostige Schellen umschlossen ihre nackten Fußgelenke. Ihr Blick war starr auf den Boden gerichtet. Eine tiefe rote Narbe zeichnete ihre Wange. Mit beiden Händen hielt sie einen zerschlissenen Umhang fest um ihre Schultern. Von ihr schien kaum mehr als dieser Umhang übrig zu sein. Sie rührte sich nicht. Aber was war mit ihren Händen? Die Handgelenke waren grün und blau. Offene Brandwunden klafften auf beiden Handrücken. Und die Finger. Sie mussten mal lang und fein gewesen sein. Jetzt fehlten die kleinen Finger ganz. Allen anderen waren die Nägel herausgerissen worden. Es waren nur noch blutige Stumpen, unverbunden, eiternd. Doch sie hielten den Umhang fest.

Barbell wollte wegsehen. Sie wollte verschwinden, mit den Steinen verschmelzen, die sich ihr in den Rücken bohrten. Da hob Anne-Marie Reese den Kopf. Ihre Blicke trafen sich. Tief und ruhig waren diese Augen. Barbell war, als würde jemand sie an die Hand nehmen. Es dauerte nur einen Atemzug. Die Lippen der Gefangenen deuteten eine Bewegung an. »Bist du es?«, schien sie zu flüstern.

Plötzlich regte sich das Tier in Barbells Arm. Sie spürte die Wand nicht mehr, die Kralle nicht mehr. War sie gemeint? Was war das?

Das Huhn wand sich flatternd aus Barbells Umklammerung. Sie versuchte, es ruhig zu halten, griff nach den Beinen, presste die Flügel zusammen. Es fing an zu gackern und schlug kräftig mit den Flügeln. Barbell keuchte und drückte das Tier an sich. Da hackte das Huhn nach Barbells Gesicht. Laut gackernd befreite es sich aus ihren Armen und suchte flügelschlagend das Weite.

Barbells Wange brannte. Verwirrt blickte sie auf. Die alte Labahn stand immer noch auf der anderen Straßenseite. Sie tuschelte mit ihrem Neffen, beide starrten sie an. Barbell fasste sich ins Gesicht: ihre Hand war blutverschmiert. Erschrocken drehte sie sich um und blickte geradewegs in das versteinerte Gesicht des Bauern Kunke.

KRISTIN RÜBESAMEN
Die Hütte

Ich trete aufs Gas und nehme die steile Auffahrt mit Bravour, als sei ich eine Springreiterin oder so. Auf den letzten Metern rumpelt es. Fuck. Eine Leiche, denke ich, und weil niemand da ist, der meinen subtilen Humor zu schätzen weiß, grinse ich etwas breiter als nötig. Ich lasse die Musik an, »La vie en rose« auf *Radio Paradiso*, meinem Lieblingssender. Ich steige aus, knie mich in den Matsch und spähe unter das Auto, als ob ich darunter was erkennen könnte. Berge von Laub sehe ich, dunkel, nass, Schichtnougat.

Mein Kaugummi schmeckt nach nichts, der Zuckerkick hält ja immer nur kurz. Ich spucke ihn aus in hohem Bogen in die braune Böschung, irgendwo nördlich von Neuruppin, Fontane-Country, durch das ich eben noch gefahren bin, mit einer Geschenkbox »Ostbiere« und dem Schlüssel der Hütte am See mitten im Wald, wohin ich mich zurückziehen möchte für ein paar Tage. Wobei »möchte« nicht ganz korrekt ist. Sollte. Müsste. Muss.

Es ist dort alles so, wie es Jorge beschrieben hat. Auf der Westseite befindet sich die Tür, die zum Klo führt. Das Klo hat zwei Türen, man kommt von außen und von innen hinein. Ein paar Dorfbewohner haben noch einen Schlüssel von früher, wenn sie beim Baden waren und mal mussten, hatte Jorge gesagt, also mach dich gefasst.

Neben der Tür zum Klo unten in der Erde ist die rostige

Eisenplatte, die sich mit dem Fuß wegschieben lässt. Ich drehe den Hahn darin nach links, somit sollte jetzt das Wasser laufen. Somit.

Somit ist alles gesagt, hatte Fabian, unser junger, an der Schläfe immer verschwitzter Geldgeber gesagt, der unserem Start-up gestern den, haha, Hahn zugedreht hat.

Ich gehe um die Hütte herum, wo neben dem Eingang ein verrosteter Grill und zwei Plastikstühle stehen. Ich sperre die Haustür auf. In der Küche unter der Spüle ist die Gasflasche, die ich aufdrehe, nach links, alles immer nach links aufdrehen. Linksgewinde nennt man das.

Auf dem Küchenboden steht eine Mausefalle, leer, und in der Ecke eine Axt, wie angekündigt. Weil die Hütte keine Heizung hat und man sein Holz hier selbst schlägt. Ich gehe zurück zum Auto, hole meine Handtasche und die Bierbox mit dem Aufkleber »I love Brandenburg«, die ich in den Kühlschrank stelle.

Die Hütte hat zwei Zimmer, die Stube mit der Mausefalle und dem Ofen und ein Zimmer mit einem Bett, über dem ein riesiges Bild mit einer jungen Frau in Sadomasoklamotten hängt. Ich tippe auf »Fashion Art«. Da kenne ich mich nicht aus. In dem Zimmer mit dem Bett ist es so kalt, dass ich meinen Atem sehe. Und so still, dass man denkt, man stört. Eigentlich müsste ich meinen Herzschlag hören, und jetzt, da ich ihn nicht höre, denke ich, dass er mir fast fehlt, der Sound, wir waren praktisch zu zweit die ganze Zeit. Also, seit gestern, als ich mir den doppelten Espresso bringen lassen wollte von der Büromaus vom Fabian und die sich nicht rührte, sondern nur fragte: »Wirklich?« Und ich dann sagte: »Ja, bitte mit ohne alles.« Sie fand das nicht komisch.

Fabian hatte das immer lustig gefunden. Schließlich war »Verzicht« unser Kerngeschäft. Unsere Shakes waren nicht nur zuckerfrei, sondern auch noch dairy free, gluten free, soy free ... Da schwangen eine Menge aktueller Themen gleich mit. Unterbauchfett, Warmwasserverbrauch, CO_2, all das kann man schließlich reduzieren. Und alle schwärmten immer davon, wie gerne sie verzichteten. Jetzt würden sie es müssen, und ihr Hass stand fühlbar im Raum und richtete sich gegen mich.

In dieser Stadt, in der sich alle immer so bewegten, als würden sie gefilmt, war es ihnen auf einmal egal, wie sie aussahen. Und sie sahen wirklich nicht gut aus, irgendwie panisch, die Lippen zusammengepresst, rote Flecken am Hals, und das alles nur wegen Geld. Wo doch immer jeder so getan hatte, als sei alles ein Riesenspiel. Und dann auf einmal dieser Hass. Mit sowas kann ich nicht gut umgehen, da snappe ich weg, auch schon bei Wörtern wie »Bitch«, was ja heutzutage jeder sagt, weshalb ich nicht sicher bin, ob ich es überhaupt richtig verstanden habe, denn Fabian hatte so geschrien, und deswegen hatte es auch so lange gedauert, bis bei mir der Groschen gefallen war.

»Das wirst du bezahlen«, hatte er am Schluss mit verzerrten Gesicht gesagt.

Ich hatte gezittert; als ich aufgestanden war, waren meine weißen Jeans und mein neuer Blazer komplett durchgeschwitzt. Und ich hatte ihre Blicke gespürt und mich mit ihren Augen gesehen, und wie sie dachten: Das haben wir nun davon, dass wir ihr geglaubt haben, dieser Start-up-Tussi mit ihren schwarzen Haaren. Dieser Legasthenikerin mit ihrem gefakten BWL-Studium. Dieser operierten Bitch mit ihrem YouTube-Kanal.

Jetzt ist es zu spät für einen geilen Exit. Zu spät, um Geschäftsanteile vernünftig zu verhökern.

Zu spät für eine Entschuldigung bei den anderen, weil die, was mir nie so klar war, nie was auf die Seite geschafft hatten von dem fürstlichen Lohn, den ich ihnen gezahlt hatte.

Zu spät für das gute Leben, von dem wir alle träumten, auch wenn es nie jemand zugab. Ein Leben in einem wunderhübschen Landhaus, an der Tür ein Talisman, schwarze Gummistiefel auf der Treppe, eingemachte Kirschen in Gläsern und frisch gebackener Kuchen, der auf der Terrasse abkühlt, als sei Selbstbedienung ...

Es ist auch zu spät für Kinder. Was nicht schlimm ist. Ich habe es sowieso nicht ernst gemeint, als ich es Mama kurz vor ihrem Tod versprochen habe. »Krieg ein Kind«, hatte sie gesagt, »das schaffst du auch noch. Das gehört dazu. Krieg ein Kind, egal von wem. Du bist jung. Versprich's mir.«

Ich hatte ihr nicht meine unappetitliche Story über verklebte Eileiter auftischen wollen, als wir da so lagen, ich bei ihr auf dem Krankenhausbett, obwohl kaum Platz war neben den Schläuchen. *Aber selbst wenn die Eileiter wieder aufgingen, Mama, wollte ich nicht, vielleicht hättest du vorher nicht jahrelang predigen sollen, dass eine Frau mit Kind immer die Dumme ist und dass mir das bloß nie passieren dürfe und dass nur Arbeit glücklich macht und so weiter ...*

Vielleicht war es auch zu spät, um sich zu verlieben. Ich war jedenfalls schon lange nicht mehr richtig verliebt, dabei hätte ich die Wahl, denn auf Parship und all den Apps bin ich ein echter Hit. Keine Kinder, auch kein Kinderwunsch, dafür Karriere, drei Mal die Woche Sport und eigener PKW.

Was nicht drinnen stand, war, dass ich und meine Kolleginnen uns gerne am Ende einer langen Arbeitswoche in voller Montur betranken, bis wir auf unsere Hosenanzüge kotzten, eine Uniform, die extra für uns geschneidert worden war, zwei Nummern zu klein, *super tight* in der Taille, rechts oben ganz zart der Schriftzug: #noSugarbabes. Perfekt geeignet für die vielen Selfies, mit denen wir auf Instagram für unsere zuckerfreien Produkte warben.

Also, denke ich, ich trinke jetzt ein Bier und komme erstmal an. Hole die Zigaretten aus der Handtasche und setze mich nach draußen vor die Tür auf einen der Plastikstühle, weil, drinnen wird nicht geraucht.

Rings um mich herum sehe ich nichts als Bäume. Aus Richtung der Fertigungshallen, die hinter der Grenze zum nächsten Dorf stehen, riecht es ein wenig säuerlich herüber, aber das stört mich nicht. Ich rauche und freue mich, dass ich durch die Bäume den See sehen kann und sogar eine kleine Badestelle. Wo natürlich niemand ist.

An Fabian will ich lieber nicht denken. Fabian, der mir nach der Konferenz auf den Flur hinterhergerannt war und mich am Lift so heftig an der Schulter gepackt hatte, dass ich aufschrie: »Du bleibst hier, verstanden. Du haust jetzt nicht ab. Ich will mein Geld zurück.«

Ich konnte ihm ja schlecht sagen, dass kein Geld mehr da war, weil wir alles in die IT gesteckt hatten und ganz nebenbei auch ein paar Tausend in meinen neuen Busen, was als Betriebskosten abgerechnet werden müsste, denn wer von uns beiden musste sich denn dauernd für YouTube vor die Kamera stellen, sich jeden Tag einen neuen Spruch über das schöne Leben ohne Zucker ausdenken? Genau. *Er nicht.*

Und wie wir da standen vor dem Lift und aus meinem Bauch so ein Beben kam und ich nicht wusste, ob gleich dieser schlimme hysterische Lachanfall wie bei Mamas Beerdigung folgen würde, kippte etwas in mir, und ich sagte mit einer Stimme, die gar nicht zu mir gehörte: »Ich hab kein Geld. Ich hab gar nichts. Ich hatte noch nie was. Sonst wäre ich doch nicht zu dir gekommen.« Vielleicht, weil es die Wahrheit war, erschraken wir beide ein bisschen, und ich nutzte meine Chance und entwischte die Treppe runter.

»Vielleicht« und »eventuell« soll man nicht sagen als Frau, wenn man Karriere machen will. Das hatten sie uns im Training im Gründercoaching »Fit for Finance« beigebracht. Zumindest so gesehen, hatte ich einiges richtig gemacht.

Es raschelt im Laub, aber ich weiß ja, es gibt Mäuse hier, und so sage ich höflich: »Hello!« Du machst am besten gleich Feuer, hatte Jorge gesagt. Kannst du doch, oder? Klar, hatte ich gesagt. Ich weiß auch, wer Fontane war, und ich erkenne eine Testfrage, wenn sie mir gestellt wird. *Fontane-Country*, ha.

Dein Humor ist nicht vermittelbar, hatte mein Bruder geantwortet, nachdem ich ihn gestern zu Hause in Berchtesgaden angerufen und gefragt hatte, ob er mir 200 000 Euro leihen könnte … *Scherz*. Ich habe ihn natürlich nicht gefragt, obwohl ich es eigentlich vorhatte. Denn das wäre zumindest für jeden ein bisschen Kohle und eine Geste gewesen, Richtung Fabian. Ohne den wir die Firma nie hätten gründen können. Von dem wir jetzt nicht nur zwei Millionen bräuchten, um den Shutdown zu verhindern, sondern auch eine fette Anschlussfinanzierung, um die nötige Kapitalausstattung für die Entwicklung der geplanten Features reinzukriegen. Marktpotential ist ja nach wie vor da.

»Wie läuft's?«, hatte mein Bruder noch wissen wollen. Ich hatte ihn mir vorgestellt, wie er gerade in seiner geheizten Garage seine Kletterausrüstung sortierte, und gesagt: »Super.«

Mir wird draußen zu kalt, ich will jetzt drinnen ein Feuer machen. Ich kicke die Mausefalle zur Seite und hocke mich vor den Ofen. Mit dem rechten Arm reiße ich eine alte *Gala* auseinander, schichte das Papier übereinander, darauf Stöckchen über Stöckchen, alles schön luftig, von wegen Pyramide, es dauert eine verdammte Ewigkeit. Den linken Arm kann ich nicht wirklich bewegen, ich vermute, weil Fabian mir gestern doch glatt die Schulter ausgekegelt hat.

Die Feuer, die die anderen aus meiner Klasse früher an der Elbe veranstalteten, fallen mir ein. War *das* immer ein Theater, wenn mein Vater mich in seinem windigen Mäntelchen und dem Häkelschal hinbringen wollte, damit ich endlich Anschluss finde. Und ich ihn in letzter Sekunde, ehe die anderen uns sehen konnten, umdirigierte, mit einem getürkten Krampfanfall. Da konnte er natürlich nichts sagen, wenn die Tochter ihre Tage hatte und die Mutter dauernd in der Reha war.

Ich füttere das Feuer, erst mit der *Gala*, dann mit der bröseligen Rinde. Es knackt und zischt, als die kleineren Ästchen anfangen zu brennen. Und als ich dem Feuer dann die knorrigen, dickeren, mit Spinnweben überzogenen Scheite zum Fraß hinhalte, schmatzt es fast ein bisschen vor Vergnügen, als seien wir *Partner in Crime*.

Vielleicht wäre es sogar etwas für mich, das einfache Leben. Wobei ich nicht darauf spekuliere, dass es einen charakterlich weiterbringt. Daran glaube ich keine Sekunde. Das sind Lügen, die in Reden auf Investoren-Abendessen erzählt werden, weil dann alle applaudieren. Weil sie wissen, wenn ein Millionär verzichtet, hören die Leute hin. Ich klatschte ja selber fleißig mit, wenn einer der Anwesenden von seinem letzten Klostertrip erzählte und das gerade bei uns ins Brand Marketing passte. Als würde irgendeiner von denen länger als eine Woche auf Heizung und Spa verzichten!

Ich greife in die Handtasche. In der silbrigen Folie befinden sich nur noch drei Tramadol. Ich lege mir eine auf die Zunge, zum Runterspülen hole ich mir noch ein Bier.

Ich weiß gar nicht, wie lange ich hier vor dem Ofen gesessen habe, ich bin wohl ein wenig eingenickt. Als ich zu mir komme, dämmert es schon. Meine Schulter zieht nur noch ganz wenig, und ich schiebe gleich noch zwei von den dicken Holzscheiten in den Ofen. Ich gehe noch mal vor die Tür, rauche eine Zigarette. Fast kann ich die Abendstimmung hier genießen. Dazu spiele ich, schöner kann es jetzt nicht werden, den ersten Song vom *Amadeus*-Soundtrack. 7:51 Minuten. G Minor. Great Song. Mit dem Besenstiel, der neben der Haustür lehnt, stochere ich dabei im Laub herum. Fette weiße Maden krabbeln den Stiel hoch, und ich quietsche nicht mal, stochere weiter, weil da etwas in dem trüben Blättermatsch schimmert. Eine kleine leere Flasche Sekt, ein Piccolöchen. Und daneben noch eine. Sicher noch vom letzten Sommer. Da waren mal welche verliebt und sind vom See hochgekommen. Ich seh's direkt vor mir. Ich checke meine Nachrichten. Keine Nachricht. Nur ein Balken. Ich refreshe noch mal. Und da, mit festlichem Glockenton, kommt sie rein, die Mail. Von Parship, ausgerechnet: »Es bleibt spannend. Klaus hat dir geschrieben. Der Ball liegt bei dir.«

Es ist dunkel jetzt. Ein Windstoß fährt durch die Bäume, und gleich noch einer, und das ist wohl damit gemeint, wenn die Leute sagen, dass der Wind an den Bäumen *rüttelt*. Ich hatte früher immer »ritt« verstanden, weil meine Oma den Umlaut nicht aussprechen konnte, und mir die schönen Pferde in ihrem Dorf vorgestellt, die den Leute aus der Stadt gehörten.

»Du wirst in unserem Land keinen Fuß mehr auf den Boden bekommen«, hatte Fabian gestern gesagt, und so, wie er es sagte, war klar, dass es sein Land war und definitiv nicht meins.

Ich höre dem Wind zu, der direkt an den Bäumen reißt, von wegen rüttelt, und in der nächsten Sekunde beginnt es wie verrückt zu regnen, die Wassertropfen klatschen mir ins Gesicht, ich trete den Rückzug an. Dass ich überhaupt nicht nachgesehen habe, wo in der Hütte die Lichtschalter sind, daran merkt man schon das Tramadol. Aber ich habe Glück. Mit der Handylampe finde ich den Schalter. Treffer. An der Decke baumelt eine Glühlampe. Ein richtig fettes Insekt fliegt immerzu mit Karacho dagegen, wie ein Selbstmordattentäter. Ich will mich hinlegen, sofort, und das tue ich auch, in Hut und Mantel quasi. Um mich richtig auszuziehen, dazu fehlt mir der Mut.

Ich stehe dann doch nochmal rasch auf, hole mir mit der Handylampe die Axt, die neben dem Ofen steht, und lege sie neben das Bett. Nicht auf einladende Weise daneben, ich schiebe sie unters Bett, damit ich sie gleich griffbereit habe.

Dass ich jetzt, wo ich gerade noch so müde war, kein bisschen müde mehr bin! Der Schlaf kommt, wenn er kommt.

Während ich das also denke, muss ich in Wahrheit einge-schlafen sein, denn plötzlich schrecke ich hoch. Vor der Hüt-te ertönen Schritte. *Kein Scherz.* Ich höre, wie jemand um die Hütte geht, und zwar langsam, Schritt für Schritt, und, das ist jetzt wirklich ungemütlich, seine Schritte sind gar nicht laut, sondern leise, als wolle er nicht gehört werden.

Ich bin jetzt wirklich wach und habe fast das Gefühl, meine Gedanken sind zu groß für meinen Kopf, plötzlich ist alles unübersichtlich, ich habe den Überblick verloren. Während ein Teil von mir auf dem Bett liegt, befindet sich der andere Teil vor der Hütte und lauscht. Es ist, als löse sich etwas auf, was mir gar nicht gefällt, auch die Wand. So, denke ich, fühlt sich wahrscheinlich eine Panikattacke an.

Wenn das vor der Hütte Fabian ist, wenn er mir hierher gefolgt ist in seiner Wut, dann bringt er mich jetzt um, denn so viel Hass wie gestern habe ich noch nie bei einem Menschen erlebt.

Aber Fabian ist eher ein Schisser. Als wir einmal bei ihm in seinem Elternhaus waren, durften wir uns nicht aufs Sofa set-zen, nur an den Tisch, und er bot uns auch nichts an, weil alles so schön sauber und poliert war. Niemals würde er in einen dunklen Wald fahren. Doch wenn ich ehrlich bin, so wünsche ich mir fast, dass es Fabian wäre. Dann bliebe das Verbrechen wenigstens in der Familie.

Auf einmal hören die Schritte auf, es ist still, was noch viel schlimmer ist. Ich muss jetzt sehr genau aufpassen, der da draußen ist ganz nah. Plötzlich höre ich ein Rascheln und ein Quietschen, ich bin mir todsicher, das ist die Außentür zum Klo. Es bleibt lange still, dann heult der Wind wie ver-rückt.

Nein. Denn jetzt fällt mir ein, dass ich bei allen Vorsichts-maßnahmen – Haustür zusperren, Axt unters Bett schieben – vergessen habe, die Außentür zum Klo von innen zu verrie-geln.

Wenn ich jetzt aufstehe, sieht er mich von draußen, weil die Fensterläden nicht richtig schließen. Während ich daliege und noch hoffe, dass der da draußen denkt, dass niemand in der Hütte ist, weiß ich, dass das natürlich Unsinn ist, denn das Auto steht ja in der Auffahrt. Ich liege stocksteif da und lausche weiter in die Stille. Fast denke ich: Komm doch end-lich rein, dann hat die Warterei ein Ende.

Und obwohl ich gleich sterben werde, war ich noch nie so am Leben. Alles, was vorher war, verschwindet. Vergangen-heit, Zukunft, meine Träume, mein Rausschmiss, weg. Und es fühlt sich weder gut an noch schlecht an. Es ist, als hätte man den Regler hochgedreht und gleichzeitig den Stecker ge-zogen.

Und gerade, als es länger still ist und ich leise hoffe, dass ich mir alles nur eingebildet habe, höre ich ihn atmen, direkt hinter der Tür zum Klo, Wand an Wand. Er ist entsetzlich nah, vielleicht einen Meter entfernt, mehr nicht. Er atmet schwer, mit langen Pausen, sonst nichts, er rührt sich nicht. Er atmet, als ob er schläft, kein guter Schlaf, ein schwerer Schlaf, und ich denke, vielleicht ist er nicht mehr jung und eingeschlafen, im Sitzen? Platz zum Liegen ist ja nicht.

Er atmet, und ich höre. Fast so, als wären wir eine Einheit. Ich will aber nicht mit ihm unter einer Haut stecken. Obwohl er doch nur atmet, tritt er mir zu nahe, und ich kann nicht weg, meine Beine sind tonnenschwer und lassen sich ver-dammt noch mal keinen Millimeter bewegen.

Da fällt mir ein, dass Jorge mal von den Tieren erzählt hat, die hier im Wald das Sagen haben. Prompt höre ich direkt über mir auf dem Dach eiliges Getrappel, vor Erleichterung muss ich beinahe lachen, es hört sich so an, als hätten die Tiere vom Hügel hinter der Hütte Anlauf genommen, um auf meinem Dach wie auf einer Sprungschanze zwischenzulanden und dann weiter, runter zum See zu springen. Und *was* für einen Krach sie machen! Ich bin so erleichtert, dass es ihnen nicht um mich geht! Wie ich ihnen ihre Party gönne! Und weil ich meine wiedergewonnene Zuversicht ausnutzen muss, stehe ich schnell auf und gehe, ohne Licht zu machen, aufs Klo, mitten in der Schwärze der Nacht.

Am nächsten Morgen ist noch ein bisschen was übrig von dem guten Gefühl, überlebt zu haben. Gerade so viel, dass ich aufstehen kann, nur haut es mich beim ersten Schritt wieder um. Mir fällt ein, dass ich noch den Rest eines Petersilienburgers in meiner Handtasche habe, von dem Meeting gestern, in einer Schachtel aus Zuckerrohrstoff. Er schmeckt nicht mal schlecht.

Als Erstes muss die Schulter wieder in Ordnung kommen, die jetzt wieder höllisch weh tut. Ich weiß: Ich werde zu einer Apotheke fahren und mir ein Frühstück an der Tankstelle gönnen. »Frühstücken wie in Paris«, mit ofenwarmen Croissants für 3,50 Euro.

Ich trete auf die Terrasse und fühle mich dabei fast ein bisschen so, als sei ich der Besitzer der Hütte. Jetzt wird mir auch klar, warum es abartig kalt ist; es hat in der Nacht geschneit. Über dem braunen Laubmatsch liegt der Schnee wie Puderzucker, so richtig romantisch sieht es nicht aus. Es ist sicher total schön hier im Sommer, wenn man grillen kann und Tretboot fahren. Aber jetzt ist der Himmel grau, und ganz weit weg ist eine Sonne, so blass, dass ich gut drauf verzichten kann.

Ein Wasserkocher ist da, und eine Familienpackung Cappuccino von Lidl mit echtem Zucker, ich checke schnell, Berufskrankheit, und tatsächlich, 180 Gramm Zucker pro Einheit.

Während sich das Milchpulver auflöst, denke ich, dass das wenigstens eine tolle Story für die Pause zwischen zwei Meetings ergäbe: Meine Nacht in der Wildnis. Und wie ich sie ganz allein überlebte.

Ich trete vor die Tür, mit meinem Kaffee in der Hand, und sage aus Spaß leise »Carpe diem«, als mein Blick auf den Plastikstuhl fällt, auf dem ich gestern Abend vor dem Eingang gesessen und geraucht habe.

Der Stuhl steht jetzt unter dem Fenster.

Es dauert nur zwei Minuten, und ich sitze mit allem Sack und Pack in meinem Auto und drehe den Zündschlüssel um. Der Motor springt an, ich preise den lieben Gott und lege den Rückwärtsgang ein, doch als ich vorsichtig aufs Gas treten will, löst sich mit einem hässlichen Ratschgeräusch etwas vom Boden des Autos, und da fällt mir das Rumpeln ein, das ich gehört habe, als ich gestern angekommen bin. Eine Ewigkeit ist das her.

Die Räder drehen durch, mit einem quietschenden, hohen Ton. Dann stirbt der Motor und lässt sich auch nicht wieder starten; zweimal hustet er noch ein bisschen, dann – Stille. Mir wird klar, dass da etwas Wesentliches von meinem Wagen abgefallen ist. Dass es überhaupt jetzt gleich *ans Eingemachte* geht, denn nun kann ich auch den beißenden Geruch im Wageninneren zuordnen, ich muss gar nicht erst die leere

Schnapsflasche am Boden des Beifahrersitzes sehen, um zu kapieren, dass jemand hier drinnen übernachtet hat. Weil ich nämlich gestern vergessen habe, das Auto abzusperren, vor lauter Durcheinandersein.

In die Hütte kann ich unter diesen Umständen wohl nicht zurück. Bereits zum zweiten Mal in vierundzwanzig Stunden erlebe ich jetzt dieses Gefühl, als würde ich feststecken oder als wäre ich besser gar nicht erst geboren worden.

Ich verriegele die Türen von innen. Denn da draußen, das weiß ich jetzt ganz sicher, läuft ein Verrückter herum, der mein Klo benutzt und in meinem Auto schläft und der jetzt vermutlich in den Büschen sitzt und mich beobachtet. Gott sei Dank habe ich die Hütte zugesperrt und vorher die Tür zum Klo von innen verriegelt. So kann er die Axt nicht holen.

Solange es hell ist, denke ich, bin ich in Sicherheit, Spaziergänger könnten vorbeikommen. Und wenn nicht? Wie sollte ich hier wegkommen? Zu Fuß wären es sicher ein paar Stunden bis zum nächsten Ort oder zu einer Bushaltestelle. Und die schaffe ich nicht, so zittrig, wie ich bin, und so nah, wie er mir vielleicht ist.

Ich schlucke die letzte Tramadol, denn ich habe wohl etwas Fieber, meine Augen brennen, und ich fühle diese wattierten Schläge von innen gegen den Schädel.

Dann ziehe ich mein Telefon aus meiner Jackentasche und scrolle alle Namen durch. Ich wüsste tatsächlich gerade keine Menschenseele, die ich jetzt anrufen könnte. Wer sollte mir helfen wollen? Wer würde mir glauben? *Und was eigentlich?*

Also wähle ich die Nummer der einzigen Person, von der ich weiß, dass sie sich freuen wird, wenn ich sie anrufe.

Die Mailbox ist dran, ich beschreibe ihm, wo ich bin, sage ihm, dass ich ihn vermisst habe und dass er kommen und mir Gesellschaft leisten soll. Romantisches Abenteuer im Wald, mal etwas anderes, und so. Und dann lege ich auf. Ich bin sicher, noch eine Stunde, dann ist er da.

Und wenn ihr jetzt findet, eine Feministin macht das nicht, ist mir das egal. Ich mag Männer, aus vielen Gründen. Sie sind berechenbar, das spricht schon mal für sie, nicht so wie das Wetter. Sie sind treuherzig und Angeber, aber auch gerade so feige, dass man sich nicht fürchten muss. Sie wollen dir dauernd die Welt erklären, aber fragen nie nach, also musst du im Prinzip nicht zuhören. Und was die Liebe betrifft, über dieses Thema rede ich grundsätzlich nicht. Punktaus.

Dann klopft es ans Fenster.

Und ich denke, ist das schon Klaus?

EVA SICHELSCHMIDT
Besprochene Sache

»Guten Tag, Sie kennen mich nicht und ich möchte Sie auch nicht kennenlernen. Ich bin seit fünf Jahren die Geliebte Ihres Mannes. Warum ich Ihnen das schreibe? Sie denken vielleicht, ich möchte mich an ihm rächen. Nö. Ich will es nur Ihnen heimzahlen.«

Die Nachricht war mit Vornamen und Familiennamen unterzeichnet. Beim Frühstück in der halbdunklen Küche hatten die Zeilen plötzlich das Display ihres Handys aufleuchten lassen.

Sie las die Sätze ein paar Mal und überlegte, ob es einen Unterschied zwischen Rächen und Heimzahlen gab. Das Nö gefiel ihr. Bestimmt war diese Person noch jung, die altertümlichen Vornamen waren zu ihrer Zeit noch nicht in Mode gewesen, und heute trugen sie nur noch Urgroßmütter oder sehr junge Frauen.

Sie kopierte die Zeilen und schickte sie mit einem launigen Kommentar an ihren Mann. Irgendein Zahlendreher musste ihr diesen Blindgänger beschert haben. Arme Frauen, die solche Nachrichten bekamen. Was führten die bloß für Ehen?

Ihr Blick aus dem Küchenfenster traf auf die farblose Spiegelung ihres Gesichts. Sie zuckte zusammen, die weiche Kinnpartie, die schräge Zornesfalte zwischen den schmalen Augenbrauen, diese tiefen Einkerbungen von den Nasenflügeln bis zu den Mundwinkeln – es war unheimlich, wie sie ihrer Mutter immer ähnlicher wurde.

Im Hinterhaus brannte nur in drei Zimmern Licht. Eine anonyme Nachbarin eilte, zwischen Küche und Wohnzimmer hin und her, anscheinend noch in Unterwäsche. Ihr Mann stand auf dem Balkon und rauchte im Bademantel, einen dicken Wollschal um den Hals, seine erste Morgenzigarette.

Wie viele Paare mochte es da draußen geben, die in wilder Einsamkeit aneinander vorbeiexistierten, ihre Zeit auf dieser Welt einfach so runterlebten?

Was für ein Glück, dass sie bereits auf dem Gymnasium den Richtigen gefunden hatte. Den Mann, mit dem sich das Leben aushalten ließ – komfortabel und doch, Gott sei Dank, noch nicht barrierefrei.

Sie hatten in den letzten fünfundzwanzig Jahren die üblichen Gezeiten einer soliden Beziehung durchlebt. Seinem ungestümen Begehren der Anfangszeit war irgendwann eine gewisse Verzagtheit gefolgt, die sie verunsichert hatte, und doch hatten sie immer wieder zueinandergefunden. Die Zeit war so freundlich gewesen, sie in immer stärkere Fesseln der alltäglichen Gemeinsamkeit zu legen. Daran hatte vor ein paar Jahren auch der junge Mann nichts ändern können, in den sie sich verliebte und der sich als untalentierter Gefühlshochstapler entpuppt hatte. Nach drei Monaten war sie mit ramponierter Seele wieder zu ihrem Mann zurückgekehrt. Ein Jobangebot, seine neue Stelle in Berlin war ihnen damals gelegen gekommen, die Wochenendbeziehung tat ihnen gut. Die Zeit von Freitagabend bis Sonntagnachmittag verbrachten sie nun in tadelloser Harmonie; etwas Kultur, gutes Essen, mindestens drei Mal Sex: Freitagnacht, Samstagabend und noch einmal Sonntagmorgen. Ihre Freundinnen beneideten sie um diesen Luxus. An ihrem letzten Geburtstag hatte er ihr eine Karte geschrieben, auf der das Matterhorn abgebildet war;

er fühle sich wie ein Bergsteiger im Gipfelsturm, der nach schlimmen Unwettern wieder dankbar das Basislager erreicht hätte.

Sie nahm ihr Handy auf. Warum meldete er sich nur nicht auf ihre Nachricht? Er war doch immer schon vor ihr wach, meistens schickte er ihr noch vor dem Frühstück ein paar liebe Worte oder wünschte ihr einen schönen Tag. Sie räumte die Wohnung auf und ließ dabei das Telefon nicht aus dem Blick. Mit dem Handy in der Hand ging sie einkaufen. Auf dem Heimweg vom Supermarkt hatte es angefangen zu regnen. Der Nieselregen wehte ihr unter dem Regenschirm ins Gesicht und die schwere Einkaufstasche schlug ihr bei jedem Schritt gegen das Bein. Ein Bettler hockte wie ein Mahnmal der inneren Abstumpfung regungslos, mit gesenktem Kopf auf einem Deckenberg vor der Apotheke.

Zuhause empfingen sie die abgestandene Heizungsluft und der süßliche Geruch von der Hühnersuppe, die sie sich am Tag zuvor als Medizin gegen ihre aufkommende Erkältung zubereitet hatte. Sie öffnete die Wohnzimmerfenster und die Balkontür, spürte aber keinen Luftzug. Die Wohnung kam ihr wie der zu enge Wendekreis einer Sackgasse vor.

Am Schreibtisch klappte sie das Laptop auf, gab den Namen der Unbekannten in das Browserfenster ein, dann tippte sie auf »Bilder«, und schon tauchte das Foto einer dunkelhaarigen Frau auf.

Ihre Hände begannen zu kribbeln. Wie bei dem Auffahrunfall, neulich am Stauende auf der Autobahn, schoss ihr das Adrenalin in die Fingerkuppen. Jung war die Unbekannte schon mal nicht, und auch nicht übermäßig attraktiv. Die Fremde hatte dieses leicht Frettchenhafte kleiner Frauen mit spitzen Nasen und einen bedürftigen Augenaufschlag – die

Aura der vom Leben Zukurzgekommenen. Auf der Internet-
seite einer Berliner Kunstgalerie fand sie ihre Vita und ein paar
Fotos ihrer Kunstwerke. Ihre letzte Ausstellung lag Jahre zurück. Die verwaschenen Landschaften und verschwommenen
Figuren auf den Bildern erinnerten sie an die Seidenmalerei in
den beleuchteten Schaukästen vor der Volkshochschule. Keine Frage, sollte er so etwas wie eine Affäre haben, dann auf jeden Fall mit einem solchen Typus Frau. Weibliche Bedürftig-
keit erregte nicht nur seine Aufmerksamkeit. Und er neigte
dazu, Frauen zu heroisieren. Er ließ sich lieber von weiblichen
Ärzten versorgen als von den männlichen Kollegen, suchte im
Ernstfall Rechtsanwältinnen auf und gab obdachlosen Frauen
Geld, weil sie ihn, auch wenn sie erst zwanzig waren, an seine
Mutter erinnerten. Zu wirklich abgrundtiefen Verbrechen sei-
en Frauen nicht in der Lage, hatte er sogar einmal behauptet.

Ihre alten Notizkalender bewahrte sie in der Schreibtisch-
schublade auf. Sie ging die letzten Jahre, die vielen Monate
und Tage durch. Wann war er wo gewesen? Und wo hatte er
behauptet zu sein? Tatsächlich, die Krise lag ziemlich genau
fünf Jahre zurück. Aber es war doch alles wieder gut geworden, oder etwa nicht? Ihr Radar rotierte mit einmal auf höchs-
ter Stufe, ortete die Angabe von Zeiten, suchte nach mög-
lichen Vertuschungen. Sie fror und drehte die Heizung hinter
dem Schreibtisch auf fünf.

»Ich will doch nur dich«, hatte er ihr letztens nach dem Akt
ins Ohr geflüstert. »Wen solltest du auch sonst wollen?«, hatte
sie ihn lachend gefragt. Statt ihr eine Antwort zu geben, war er
seufzend auf ihr eingeschlafen.

Die Zweifel gärten jetzt in ihr wie fauliges Fallobst. Immer
wieder schaute sie auf die Uhr, die Zeit hatte sich verhakt, der
Tag hatte seine Perspektive verloren.

»Na, was gibt's denn so Dringendes?«, fragte er, als sie ihn endlich in seiner Mittagspause erwischte. Dann tat er so, als müsse er erst einmal nachdenken.

»Ach das meinst du, diese Nachricht ...«

Wenn sie ihn bei einer Unwahrheit ertappte, war der Gesprächsablauf immer der gleiche. Erst zögerte er, um Zeit zu gewinnen. Auf ihre Beharrlichkeit reagierte er mit einer Gegenfrage: »Was sagst du da ...?« Dann folgte Erstaunen: »Wie jetzt ...?«, oder mühsames Erinnern: »Aaaach, das meinst du ...«

Kurz bevor er sich ergeben musste, machte er noch einen letzten Versuch der Tatsachenverschiebung. »Nein, da musst du dich irren ...« Und so war es auch jetzt, doch sie ließ nicht locker.

»Ach so, du meinst diese Nachricht«, sagte er. »Die Sache von heute Morgen. Das ist doch Unsinn. Lösch sie einfach. Ignorier den Quatsch. Die Frau ist verrückt.«

Das war sie also, die Frau aus der taubengrauen Vergangenheit. Die, zu der er geflüchtet war, nachdem sie ihn für den Liebesschwindler sitzen gelassen hatte. Von der musste also diese Nachricht stammen. Fünf Jahre, das war doch eigentlich eine Ewigkeit, andererseits kam es ihr so vor, als wäre dieser Tsunami erst gestern über sie hinweggefegt.

An dem Tag, an dem sie zu ihm zurückgekehrt war, hatte die Sonne geschienen. Er hatte nicht gezögert. Er hatte sie wieder angenommen, als wäre nichts gewesen. Nie wieder hatte er über ihre Verfehlung gesprochen, kein Wort mehr über seine Kränkung verloren. »Du bist groß. Ich hätte das nicht gekonnt. Ich könnte dir keine andere Liebe neben mir verzeihen«, hatte sie ihm damals gestanden und ihn aufrichtig bewundert. Sie war wie selbstverständlich davon ausgegangen, dass er dieser Frau ebenfalls den Laufpass gegeben hatte.

»Hör zu, ich muss jetzt wieder los. Das ist alles lange her ... Nein, das ist keine Liebe. Okay, ich habe sie gestern gesehen, sie wollte sich dafür bedanken, dass ich ihr bei etwas geholfen hatte. Und dann haben wir uns wegen einer Nebensächlichkeit gestritten, das ist alles.«

»Du hast diese Frau die ganze Zeit über immer wieder getroffen?« Es überraschte sie selbst, wie entgeistert sie klang.

»Es ist nicht so, wie du denkst, ich bin da so reingerutscht.« Wie erbärmlich trivial sich das anhörte.

»Du hast die ganzen Jahre über ein Doppelleben geführt?«

Er stöhnte auf. »Das ist doch alles kompletter Unsinn, das weißt du.«

Doch sie wusste gar nichts mehr, sie spürte nur etwas. Einen hohlen Schmerz im Magen, ausgelöst durch die Banalität dieser vielen albernen Wörtern. Doppelleben, das klang tatsächlich nach Arztroman, genauso wie Liebhaber und Seitensprung, allein das Wort: Affäre. Zum Kotzen.

»Ich erklär dir das alles heute Abend.« Sie hörte, wie er im Lokal nach dem Kellner rief und die Rechnung bestellte.

»Ich hätte gedacht, du nimmst das cool. Also echt, dass dich sowas so durcheinanderbringt.«

Irgendwo zwischen der Unterwäsche musste noch eine Tranxilium liegen, sie hatte die Beruhigungstabletten nach der Krise nur noch selten genommen. Eine Zeitlang war sie geradezu verrückt nach diesen Dämpfern gewesen. Doch als ihr aufgefallen war, dass sie die Tage nach der Wirkungsdauer der Tabletten einteilte, hatte sie das Zeug abgesetzt und fast täglich vermisst.

Die Pille machte sie müde, doch das innere Oszillieren blieb. In einem trüben Halbschlaf auf dem Sofa drang das Herzbeben durch unruhige Träume.

»Was machst du hier im Dunkeln?« Er war mit dem letzten Zug gekommen. Nachdem er seine Tasche ausgepackt hatte, öffnete er eine Flasche Wein und setzte sich ihr gegenüber an den Küchentisch.

»Na, dann erzähl mal«, forderte sie ihn auf.

»Da gibt es nicht viel zu berichten. Ich brauchte damals jemanden und sie war da. Ich hätte das allein nicht ausgehalten. Du warst lange weit weg.«

Sie erinnerte sich, dass er während der Krise von dieser Frau wie von einem Schmerzmittel gesprochen hatte: »Ich brauche jemanden, der mir hilft.«

Anscheinend hatte sie ihm geholfen. Und indirekt auch ihr. Diese Frau hatte mit ihm geschlafen, als sie sich nicht vorstellen konnte, jemals wieder Lust auf ihn zu haben. Als sie seinen Geruch, seine Berührungen nicht ertrug, sie sogar auf seine Stimme allergisch reagierte. Dabei war er durch die Eifersucht so scharf auf sie gewesen wie nie zuvor. Der Gedanke an den fremden Mann auf dem Körper seiner Frau hatte ihn erregt. Damals war es eine Erleichterung gewesen, zu wissen, dass es jemanden gab, der sich um ihn kümmerte. Und indem er sich ebenfalls mit einer Affäre revanchierte, war er ihr keineswegs moralisch überlegen. Sie hatte ihm seine Verfehlung sogar noch als doppelte Schwäche ausgelegt und angeklagt: Wäre er nicht mit den Jahren lieblos, egozentrisch, gefühlskalt geworden, hätte sie sich niemals in einen anderen Mann verliebt. Hätte er sie nicht so häufig allein gelassen, wäre er nicht ein so lausiger Liebhaber ohne Einfühlung und Zärtlichkeit gewesen, dann wäre das Unglück nie passiert. Er hatte ihre Vorhaltungen sogar in Selbstvorwürfe umgewandelt – schließlich brauchte jede Katastrophe eine vernünftige Erklärung.

»Nun glaub mir doch, da ist schon eine Ewigkeit nichts mehr.«

Er goss sich noch einmal Rotwein nach.

»Du bist lustig, da war nichts, da ist nichts ... Ich kenn dich doch. Du hängst anscheinend immer noch an dieser Frau.«

Er schlug mit der Hand auf den Tisch, dass die silbernen Tellerchen unter den Weingläsern schepperten.

»Die Menschen glauben, sie kennen sich, nur weil sie in einer Beziehung leben. Was weißt du schon von mir? Und ich weiß nur eins: Ich werde dich nie kennen. Ich will dich gar nicht kennen. Ich kenne mich selbst nicht.«

»Du redest Unsinn. Natürlich haben wir uns in all den Jahren kennengelernt, und zwar ungefähr so, wie es der Standesbeamte prophezeit hatte, in guten wie in schlechten Tagen. Jetzt erzähl mir doch mal von ihr. Wer ist sie?«

In sachlichem Ton, nicht schwärmerisch, aber auch nicht betreten, berichtete er, dass sie ihn im Zug angesprochen hatte. Ihr Äußeres hatte ihm zugesagt, dieser stechende Blick sei faszinierend gewesen. Und was noch? Auch hatte ihm dieser ungewöhnliche Name gefallen und ihre fremdländische Herkunft. In Anbetracht der zwischenmenschlichen Attraktion war ihm der Balkan anscheinend so exotisch vorgekommen wie die Südsee.

Er lachte, als sie ihn einen Westentaschen-Gauguin nannte.

Doch seine Offenheit hatte auch etwas Gefährliches. Die filigrane Heiterkeit konnte jederzeit kippen. Eine frivole Beichte, ein erotisches Detail konnte sich für Jahre als Tretmine unter ihrem Beziehungsgelände verstecken.

Nur zu gern hätte sie sich die Souveränität ihrer besten Freundin angeeignet, die nach der Scheidung nur noch lose Männerbekanntschaften pflegte: »Was ein Mann treibt, wenn er die Tür hinter sich schließt, interessiert mich nicht.«

Aber es handelte sich hier eben nicht um einen Mann, sondern um ihren.

»Ich schwinge mich aufs Fahrrad und bin in zwanzig Minuten bei dir. Ich kann es kaum erwarten, deinen Körper zu erkunden, dein scharfer ...« Damals, als sie sich gegenseitig in größtem Misstrauen bespitzelten, hatte sie diese Nachricht in seinem Maileingang aufgespürt. Sie war ihr lange nicht mehr aus dem Kopf gegangen.

Diese Don Juan-Persiflage hatte einen in unregelmäßigen Abständen auftauchenden Gefühls-Tinnitus hinterlassen.

Sie trank zu schnell, der Rotwein stieg ihr zu Kopf. Schon spürte sie einen stumpfen Drang nach einer dramatischen Eskalation.

Und je mehr sie sich aufregte, desto ruhiger wurde er.

»Ich hätte nie gedacht, dass dich das alles so sehr interessieren würde. Ich dachte, du stehst da drüber.« Er steckte sich eine Zigarette an und sie nahm sich auch eine. Der Ausnahmezustand rechtfertigte jetzt die Außerachtlassung des heimischen Rauchverbots. Er stand auf und öffnete das Küchenfenster.

»Du bist lustig. Du hast seit fünf Jahren ein Verhältnis. Hast du gedacht, ich zucke mit den Schultern und ...?«, schrie sie, obwohl ihr klar war, dass sie mit dem Ehekrach jetzt das ganze Haus wach hielten.

»Jetzt hör doch endlich mal damit auf. Ich kenne diese Frau gar nicht mehr. Ich habe kein Verhältnis. Und rede doch nicht immerzu von diesen fünf Jahren. Das ist gelogen, die Alte lügt. Ich weiß auch nicht, warum sie das behauptet. Sie will sich rächen, hat sie doch geschrieben.«

Dann erzählte er ihr von dem Streit, den er einen Tag zuvor mit ihr in einem Restaurant gehabt hatte. Er hatte ihr bei dieser Bewerbung geholfen. Sie hatte den Job nicht bekommen, sich aber dennoch erkenntlich zeigen wollen. Seit Jahren schon sei sie mit ständig wechselnden Männern und auch mit Frauen liiert. Man hätte sich immer mal wieder gesehen, so wie eine alte Bekannte. Er hätte ihr längst davon erzählt, wenn er nur gewusst hätte, wie.

»Also, der Teil mit der Rache stimmt, die Sache mit der fünfjährigen Affäre ist gelogen?«

Er nickte.

»Ihr habt euch immer mal wieder gesehen, aber jahrelang nichts mehr miteinander gehabt?«

Er nickte wieder.

»Warum hast du sie dann noch getroffen?«

»Ich war allein.«

»Warum sie?«

»Sie brauchte mich.«

»Wenn sie wenigstens hot gewesen wäre. Eine dickbrüstige Blondine, das hätte ich ja noch verstehen können. Oder irgendwas Schickes mit Klasse, aber an so was traust du dich ja nicht ran.«

Was für eine Lüge! Die mangelhafte Attraktivität dieser Frau war ihre eigentliche Erleichterung.

»Wenn es wenigstens um Jahrhundertsex gegangen wäre ...«

Zack, noch so eine kindskopfdicke Lüge. Dass ihm diese Frau irgendetwas hatte geben können, was sie nicht auf Lager hatte, wäre das Schlimmste gewesen.

Nein, behauptete er, an diesem Sex hätte ihm nie was gelegen.

Komisch, warum dann eine Affäre? Warum dann nicht nur eine Freundschaft?

Wenn sie seinen Gesichtsausdruck richtig deutete, dachte er daraufhin wirklich nach. Nicht nur darüber, wie er ihr, sondern auch, wie er sich selbst die Sache erklären sollte.

Von wegen, sich nicht kennen. Er kannte sie eben doch. Gut sogar. Und er wusste, dass nur etwas grausam Reales sie trösten konnte, etwas Originelles, etwas, das sie bisher weder gelesen noch gehört hatte. »Das war nichts Ernstes« und »Das ist doch lange her«, das sagten alle. Das reichte nicht, das schrieben die Drehbuchautoren in ihren Galeeren-Büros am laufenden Meter in die Bücher der Vorabendserien. Nach einer Pause, in der sie schweigend eine weitere Zigarette rauchten, hatte er den ausschlaggebenden Satz gesagt:

»Was heißt hier Ficken? Man konnte die gar nicht ficken. Die wurde doch überhaupt nicht nass.«

Sie sprang vom Stuhl auf und knallte das Küchenfenster zu.

»Was sollen denn die Nachbarn von uns denken?« Das gemeinsame Lachen schoss aus ihnen heraus wie Konfetti aus einem Tischfeuerwerk. Sie setzte sich auf seinen Schoß und sie küssten sich. Er knöpfte ihre Bluse auf und umarmte sie so fest, dass ihr kurz die Luft wegblieb. Sie machte sich an seiner Gürtelschnalle zu schaffen und zog ihn schließlich mit heruntergelassener Hose vom Stuhl. Mitten in der hell erleuchteten Küche zogen sie sich voreinander aus, um sich auf dem Teppich im dunklen Schlafzimmer weinend in die Arme zu fallen.

Das hätte ein Ende und ein Anfang sein können. Aber das Vergeben war das eine, das Vergessen das, was ihr nicht gelingen wollte. Die fremde Frau geisterte wie eine Untote durch ihre Gedanken, sie begegnete ihr in ihren Träumen, ließ sie nicht zur Ruhe kommen. »Lass uns ganz neu anfangen«, hatte er in dieser Nacht gesagt.

Beim Umzug in die neue Wohnung schmiss sie das meiste, was sie besaß, einfach weg. Alle Kalender und Tagebücher, ein Großteil ihrer Kleidung und die vielen Romane landeten im Hausmüll. Die alte Einrichtung ließen sie in der Wohnung zurück. Doch das Unbehagen ließ sich nicht abschütteln. Irgendwo da draußen gab es sie, diese Frau. Sie war nicht verschwunden, sie konnte jederzeit wieder in seinem Leben auftauchen, vielleicht war sie das sogar längst.

Fünf Jahre, die ließen sich doch nicht einfach so abschütteln. Sie wollte ihm nicht wieder hinterherspionieren – dieser Drang, seine Taschen zu durchwühlen, in seinem Handy die Nachrichten zu checken oder seinen Computer nach Mails dieser Frau zu durchforsten, war unwürdig. Sie spürte, dass sie etwas tun musste. Sie würde so keine Ruhe finden.

Der erste Gast in dem fertiggestellten Penthouse war eine esoterisch angehauchte Bekannte aus dem Yogakurs. Sie bewunderte die blitzweiße Einbauküche, die Sauna auf der geräumigen Dachterrasse, den einzigartigen Blick über den breiten Fluss und hatte ein Gastgeschenk mitgebracht. Eine Schale, in der ein Stück Kohle lag, das sie entzündete. Sie hatte das kleine Gefäß, aus dem blauer Rauch aufstieg, vor sich gehalten, war weihevoll von Zimmer zu Zimmer gegangen und dabei hatte sie leise gesummt. Auf diese Weise würden die schlechten Energien ausgeräuchert, die Geister der Vormieter vertrieben werden, behauptete sie. Vielleicht war es auch dieser sakrale Geruch, der sie auf die Idee gebracht hatte. Der Zauber hatte sie an ein längst vergessenes übersinnliches Erlebnis erinnert.

Am nächsten Tag fuhr sie mit dem Auto im Schritttempo die schnurgeraden Straßen der Vorortsiedlung ab. War es dort im ersten Stock dieses ockerfarbenen Riegelbaus gewesen, oder da oben im Hochparterre, hinter den nikotingelben Scheibengardinen auf der anderen Straßenseite? Als sie an dem richtigen Haus vorbeikam, erkannte sie es sofort, obwohl diese Sache eine Ewigkeit her war. Ihr Hausarzt, ein waschechter Schulmediziner, hatte ihr damals die Adresse mit seiner unleserlichen Schrift auf einem Rezeptblock notiert.

»Diese Frau vermag Wunder. Lassen Sie die Warzen von ihr besprechen, das spart uns Zeit und Verbandsmaterial.«

Vor der Toreinfahrt des Mehrfamilienhauses neben den Mülltonnen war ein Parkplatz frei. Bestimmt war die Alte längst tot.

Sie drückte kurz den mittleren Knopf des Klingelbretts, und fast zeitgleich summte der Türöffner. Die dicke Frau hatte sich überhaupt nicht verändert, es schien ihr, als trüge sie noch immer den gleichen braunen Faltenrock mit dem lose hängenden Saum und die schief gelaufenen karierten Wollpantoffeln wie seinerzeit. Sie erinnerte sich, dass man ihr nicht die Hand geben und nur das Nötigste sprechen durfte. Besonders wichtig war es, sich nach getaner Arbeit nicht zu bedanken und sie nicht nach dem Preis zu fragen. Man sollte ihr so viel Geld geben, wie einem ihre Dienstleistung wert war.

Damals hatte sie auf die Warzen an ihrem Kinn gezeigt, heute holte sie in der Dämmerung der halb zugezogenen Samtgardinen die Kopie eines Fotos hervor. Es zeigte die ehemalige Geliebte ihres Mannes vor einem ihrer Kunstwerke, im

Profil. Die Alte deutete auf den grünen Fernsehsessel, der in der Mitte des Wohnzimmers stand, wies sie an, das Porträt der Frau auf die durchgesessene Sitzfläche zu legen und selbst auf einem Campingstuhl in der hinteren Zimmerecke Platz zu nehmen.

»Was auch immer ich tue, Sie tragen die Verantwortung für das, was geschehen wird. Ich bin nur das Werkzeug. Vergewissern Sie sich, dass Sie später nichts bereuen müssen.« Die Frau hatte den Satz mit monotoner Stimme heruntergeleiert, wie eine Standardformel.

Vor dem Balkon rauschten die Autos vorbei, in der Küche zwitscherten Kanarienvögel. Die Alte umrundete in schlurfenden Wiegeschritten – vor, vor, zurück – den Sessel und murmelte dabei unverständliches Zeug. Das Ticken einer mächtigen Standuhr, das unregelmäßige Klopfen in den alten Heizkörpern wurde immer lauter.

Und dann stand sie auch schon wieder im Wohnungsflur, neben der Kommode mit einem alten Wählscheiben-Telefon und dem Kästchen aus Elfenbeinimitat, in das sie das Geldbündel faltete. Ob die Summe reichte? Nachdem sie ihren Mantel von dem Garderobenhaken genommen hatte, ging sie noch einmal zurück und legte noch ein paar Scheine nach. Das hier sollte nicht umsonst gewesen sein.

Im Auto drehte sie den Fahrersitz herunter und schloss die Augen. Jetzt brauchte es nur noch Geduld. Nein, sie würde nichts bereuen, sie hatte alles genau bedacht. Es gab keinen anderen Weg.

An einer Tankstelle kaufte sie ein Brötchen mit rostrotem Wurstbelag und welkem Salat und biss mit Heißhunger hinein. Wie ausgehungert sie plötzlich war. Unglaublich! Wann war sie das letzte Mal nur so lüstern hungrig gewesen?

Es hatte eine Weile gedauert, ganz genauso wie bei den Warzen. Die waren noch monatelang an der gleichen Stelle sichtbar geblieben, bis sie schon fast die Hoffnung aufgegeben hatte. Und dann, von einem Tag auf den anderen, waren die kleinen Hubbel am Kinn plötzlich weg gewesen, verschwunden, so, als hätte es sie nie gegeben.

Bestimmt wieder bloß Werbung, dachte sie, als sie den Briefkasten öffnete und ihr der Stapel mit der bunten Wurfpost entgegenfiel. Doch dann hatte sie ihn entdeckt. Der Brief mit dem schwarzen Rand war an ihn adressiert und hatte zwischen einem Möbelkatalog und einem Faltblatt mit Sonderangeboten für die Grillsaison gesteckt. Noch im Hausflur fetzte sie ihn mit ihrem Wohnungsschlüssel auf. Nur ganz kurz faltete sie die Karte auf, sah den Namen, den sie schon fast vergessen hatte, und steckte ihn hastig wieder zurück in den Umschlag.

»Guten Tag«, sagte sie halblaut vor sich hin, als sie die Tür zum Hof öffnete und die Post in den Altpapiercontainer warf. »Sie kannten mich nicht, aber Sie haben mich kennengelernt.«

BETTINA WÜNDRICH
Wanderlust

Was hatte sie sich bloß dabei gedacht? Tabea stieß ihre Walking-Sticks besonders heftig in den Boden. Bis sie einen davon so tief in die Erde gerammt hatte, dass er nun feststeckte. Um ein Haar wäre sie darüber gestolpert und hingeschlagen, sie konnte sich gerade noch selbst abfangen. Das hätte ihr noch gefehlt, aufgeschrammte Beine oder gar ein gebrochener Knöchel, gleich am ersten Tag.

Gegen dreizehn Uhr, nach einem üppigen Frühstück, war sie in München unter grauem Himmel aufgebrochen, mit ihrem Sportwagen die hundertdreißig Kilometer nach Kempten gebrettert. Der Regen hatte sich unterwegs verzogen, sie konnte sogar offen fahren. In Kempten angekommen, hatte sie den Wagen auf dem großen Parkplatz vor dem Bahnhof geparkt, war dann in einen stinkenden Regionalzug gestiegen und fast eine Stunde lang bis ins Kuhdorf Ermengerst im Allgäu unterwegs, von Milchkanne zu Milchkanne sozusagen, auf dem Land tickten die Uhren anders, sagte man nicht so? Und das würde ihr guttun.

Sie hatte sich ihren gut gepackten Rucksack aufgeschnallt, der neben ihrer neuen Trekking-Ausrüstung auch jede Menge Sonnenkosmetika gegen Altersflecken enthielt; weil ihre Wanderung sie am Ende jugendlicher aussehen lassen sollte, nicht älter! Sie hatte ihre Stöcke gegriffen und war los: zum Startpunkt ihrer Reise auf Pilgerpfaden, durch die Wiesen und Berglandschaft des Allgäus – bis an den Bodensee.

Eigentlich hätte sie früher aufbrechen müssen, um das erste Etappenziel zwanzig Kilometer entfernt rechtzeitig zu erreichen, ein Kaff, das »Weitnau« hieß und wohl eine hübsche Kirche (und vor allem: ein schönes Gasthaus) hatte. Aber so früh hatte sie dann eben auch wieder nicht starten wollen. Nicht am ersten Tag ihres wohlverdienten Urlaubs.

Allerdings war sie nun auf sich selbst gestellt. Sie hatte gehofft, sich flexibel, wenn es ihr in den Kram passte, anderen Pilgern anschließen zu können. Aber mittlerweile war es später Nachmittag, und die einzige Wandergruppe, die sie gesehen hatte, war ihr entgegengekommen.

Tabea zog ihren Stick wieder aus dem Boden. Nun war sie schon seit ungefähr einer Stunde keinem Menschen mehr begegnet. Sie holte ihr Smartphone aus der Hosentasche und checkte ihre Pilger-App, in der sie die Tour markiert hatte. Erst sieben Kilometer hatte sie geschafft? Bald müsste sie am »Wirlinger Forst« sein – wäre es nicht klüger, sich jetzt schon eine Unterkunft zu suchen? In der Dämmerung wollte sie nicht durch den Wald gehen, und dieser graue, staubige Schotterweg, auf dem sie gerade herumstolperte, war auch nicht gerade vertrauenerweckend. Sie hatte sich auf gräserumsäumtem, festem Naturboden imaginiert!

Mit ihrem Stiefel kickte sie einen Stein ins Gebüsch und scheuchte damit einen Vogel auf. Eigentlich verabscheute sie das Spazierengehen. Es war ihr schleierhaft, wieso manche Menschen es genießen konnten, immer nur einen Fuß vor den anderen zu setzen. Dann fiel ihr wieder ein, dass sie keiner zu diesem Unterfangen gezwungen hatte. Sie hatte sich auf andere Gedanken bringen wollen und gehofft, dass ihr »die Auseinandersetzung mit der ursprünglichen Natur« (wie es in ihrer Pilger-App hieß) dabei helfen würde.

Wenn sie ehrlich zu sich selbst war, steckte hinter ihrem Vorhaben auch eine Portion Selbsthass. Leider war sie in der letzten Zeit immer unzufrieden mit sich. Manchmal klebte sie sich selbst eine vor dem Spiegel, rechts, links, rechts, links, mit ordentlich Schwung – bis ihre Wangen knallrot waren und weh taten. Das lenkte sie ab von dem Schmerz, der sich in ihrem Brustkorb festgesetzt hatte und den sie nicht bezwingen konnte; außer mit Hilfe von Alkohol.

Ja, sie trank gerade wirklich zu viel. Pro Abend war sie inzwischen bei eineinhalb Flaschen Weißburgunder angelangt, oft schlief sie hinterher in ihrem Arbeits-Outfit auf der Couch ein. Wenn sie es aber noch schaffte, sich abzuschminken und in ihren schönen Schlafanzug aus ägyptischer Baumwolle zu schlüpfen, nahm sie sich noch ein »Nightcap« mit ans Bett. Niemals trank sie Schnaps oder dergleichen, harte Sachen kriegte sie gar nicht runter! Das wertete Tabea als untrügliches Zeichen, dass sie keine Alkoholikerin war. Sie könnte, so sagte sie es sich, jederzeit mit dem Weintrinken aufhören! Allerdings nicht bei dem Druck, den sie gerade verspürte.

Tabea machte eine schwierige Phase durch, für die sie nichts konnte. Es war einfach ungerecht. Sie war jetzt zweiundvierzig, vermutlich würden demnächst die Wechseljahre einsetzen, die *die ursprüngliche Natur* nun einmal für Frauen vorgesehen hatte. Die Arbeit kam Tabea, seit sie einen neuen Chef hatte, schon eine Weile zu anstrengend vor (das hatte nichts mit ihrem morgendlichen Kater zu tun!), und wenn sie in den Spiegel sah, fand sie sich zu dick, besonders um die Hüften herum. Kündigte sich da womöglich schon die typische, hormonell bedingte Klimakteriums-Figur an?

Für die männlichen Knalltüten, die sich in den Dating-Portalen tummelten, reichte es gerade noch. Sie amüsierte sich im Stillen, wenn die größten Loser vor ihr saßen und von ihren vermeintlich dollen Lebenserfolgen erzählten. Wie blöd sie dreinsahen, wenn Tabea sich das Gerede nicht mehr anhören wollte, plötzlich mit den Worten »Alles zusammen bitte!« nach der Rechnung rief, die Scheine auf den Tisch knallte und dann einfach abrauschte!

Aber ihre Figur passte nicht mehr zu ihrem Selbstbild der unabhängigen, begehrenswerten, erfolgreichen Frau. Dabei war sie das doch! Nur leider eben seit geraumer Zeit als Single. Männer hatten, so erklärte sie sich das, eben einfach Angst vor Frauen wie ihr. So hatte sie sich zu dieser Art Urlaub entschlossen. Pilgern tat man überwiegend allein, man setzte sich dabei nicht mit anderen Menschen, sondern mit sich selbst und mit der Natur auseinander.

Außerdem war Pilgern umweltfreundlich und zeitgemäß. Seit Prominente Selbsterfahrungsbücher darüber schrieben, war es sogar glamourös. Was diese Promis Tabeas Meinung nach regelmäßig verschwiegen, war, dass sie es nicht aus spirituellen oder klimafreundlichen Gründen taten, sondern um sich ein paar Kilos abzulaufen und zu detoxen, so wie Tabea insgeheim auch. Und wenn sie ganz ehrlich war, hoffte sie außerdem, dass die abendliche Erschöpfung ihre Weinlaune verdrängen würde.

Als sie ihren Freundinnen, ihrem Chef und den Kolleginnen und Kollegen davon erzählte, dass sie sich auf den Jakobsweg machen wolle, »wie Hape Kerkeling oder Katy Karrenbauer«, nickten die meisten beifällig, einige schienen sogar fast neidisch zu sein, sie sagten so etwas wie: »Ach, toll, ich bewundere dich, man liest ja so viel Gutes über das Pilgern, ich konnte mir bisher noch keinen Ruck geben.« Tabea ergänzte dann gern, dass eine Reise im Langstreckenflugzeug zu einem künstlich angelegten Luxus-Resort für sie nicht mehr in Frage käme, so wie die Dinge in der Welt lagen.

Angespornt von so vielen positiven Reaktionen, war sie in einer Mittagspause zu »Patagonia« in der Leopoldstraße gestürmt und hatte ordentlich geshoppt. Trekking-Schuhe aus Naturkautschuk, eine All-Weather-Jacke, einen ultraleichten Schlafsack sowie ein kleines, sich fast selbst aufbauendes Zelt.

Und da war sie nun, ausgerüstet wie ein Profi, aber schwitzend wie eine Anfängerin. Jetzt in der Dämmerung fühlte sie sich plötzlich einsam, und sie bereute, ganz allein, und vor allem: erst so spät aufgebrochen zu sein. Von einer erfahrenen Gruppe von Pilgern hätte sie profitieren könnten, die hätten sicherlich Reiseführer dabei, in denen sie sämtliche Unterkünfte in der Gegend mit Leuchtstift markiert hätten. Ach was, schimpfte sie sich gleich darauf, sie war keineswegs auf andere angewiesen, sie würde einfach ihre App nach einer Pension checken. Die Pilgerunterkünfte mit ihren Schlafsälen waren ihr ohnehin suspekt, waren die überhaupt hygienisch sauber? Allein die Vorstellung von schwitzenden Menschen, die in der Unterkunft gemeinsam ihre Füße aus Wandersocken schälten, provozierte bei ihr einen Würgereiz.

Abrupt blieb sie stehen. Außer dem Bellen eines Hundes war kein Laut zu hören, aber immerhin, wo ein Hund war, da waren wohl auch Menschen. Tabea schwang den Rucksack ab und hielt ihre Nase in den Wind. Es roch nach Kuhdung, der ungewohnte Geruch führte dazu, dass sie sich zunehmend unbehaglicher fühlte. Sie würde den Wirlinger Forst auf morgen verschieben, in der Dämmerung konnte sie jetzt nur noch ein paar Meter weit sehen. Ihr Smartphone zeigte 19.44 Uhr, die Sonne war schon untergegangen. Eigenartig: Egal, auf welche Karten-App sie zugriff, um sie herum schien nur Einöde zu sein.

Sollte sie ihr selbstaufbauendes Zelt aufschlagen? Die Idee, sich zwischen Krabbeltieren zu betten, von denen es hier sicher nur so wimmelte, war ihr widerlich. Dumme Idee, dieses Zelt mitzuschleppen, sie sollte es bei der nächstbesten Gelegenheit einfach irgendwo liegenlassen. Wenige Schritte weiter, an einer Weggabelung, konnte Tabea mit ihrer Smartphone-Taschenlampe plötzlich einen Wegweiser ausmachen. Auf eines der Schilder war das Piktogramm eines Männchens gemalt, das unter einem Dach in einem Bett lag, daneben kreuzten sich Messer und Gabel. Das Schild deutete auf einen schmalen Weg, der rechter Hand mitten durch ein Gestrüpp führte.

Ein Gasthof also, und vielleicht war er ja ganz neu oder ein Geheimtipp und deshalb noch nicht auf Google Maps verzeichnet? Tabea fühlte einen kleinen Energieschub. Sie befand sich nicht im Dschungel, auf Raubtiere würde sie wohl kaum stoßen und Serienkiller trieben sich bekanntlich in anonymen Großstädten oder auf amerikanischen Highways herum, nicht auf Pilgerpfaden im Allgäu.

Beherzt stapfte sie weiter voran. Plötzlich nahm sie in ein paar Metern Entfernung Helligkeit durch die Baumzweige wahr: Lichtquadrate, die aussahen wie die beleuchteten Fenster eines Hauses. Tabea kniff die Augen zusammen und ging nun querfeldein darauf zu. Als das Licht plötzlich verschwand – wohl, weil irgendwelche Bäume die Fenster bedeckten –, packte Tabea die Angst. »Hallo?«, rief sie, erst zögerlich, weil sie sich lächerlich vorkam, überängstlich. Aber ihre Furcht vor etwas Ungewissem war stärker. »Hallooo!!!«, rief sie wieder, und lauter: »Haaaallooooo!!«

Plötzlich nahm sie ein Rascheln neben sich wahr. Tabea erschrak sich fast zu Tode. Und als eine Stimme neben ihr auch noch »Kann ich etwas für Sie tun?« wisperte, schrie sie hysterisch auf. Die Person, eine Frau, musste sich ihr lautlos von rechts, vom Feld her, durch die Ähren genähert haben. Sie stand jetzt dicht neben Tabea, reichte ihr gerade mal bis zur Brust, trug eine Wollmütze, einen zu großen Mantel und sah sehr freundlich drein. »Sie haben doch eben gerufen?«

Tabea war erleichtert. Sie schluckte, um ihre Kehle zu befeuchten, und zwang sich zu einem gelassenen Tonfall. Ihre Furcht war zu lächerlich gewesen. »Ja, dieser Weg ist richtig schlecht, um nicht zu sagen: gar nicht beleuchtet. Da kann man sich ja alle Knochen brechen! Eigentlich wollte ich eine Pension suchen, um mich auszuruhen. Ich bin eine Jakobsweg-Wanderin!« Das Letzte sagte Tabea mit Stolz in der Stimme.

»Gott sei Dank, Ihnen geht es gut, ich habe mir schon Sorgen gemacht, als ich Sie rufen hörte«, wisperte die kleine Frau. »Das ist sehr nett von Ihnen«, erwiderte Tabea und musterte die Gestalt. Sie musste sich den Mantel in aller Eile umgeworfen haben, darunter trug sie etwas, das wie eine lange Schürze aussah, dazu weiße Gummistiefel. »Ich war gerade bei den Tieren, als Sie um Hilfe riefen«, erläuterte die Frau, als hätte sie Tabeas Blick bemerkt. »Eine Pension gibt es hier nicht, aber unser Hof liegt nur wenige Meter entfernt, und wir haben Zimmer frei. Möchten Sie mich begleiten? Ich habe übrigens schon einige Pilger und Pilgerinnen hier aufgelesen, die sich in der Dämmerung verlaufen hatten.« Die Frau kicherte – oder vielmehr: gab hohe Geräusche von sich, die an ein Kichern erinnerten. »Wir haben auch ein Wirtshaus«, fuhr sie fort, »und die Spezialitäten unseres Kochs werden hier im Allgäu gerühmt!«

Die Frau übertrieb, da war sich Tabea sicher, aber das war ihr jetzt egal. Bei dem Gedanken an eine gemütliche Wirtsstube und ein kuscheliges Bett machte sich bei ihr nun, auch nach der Menge Adrenalin, die gerade noch durch ihren Körper geflutet war, die Erschöpfung breit. Tabea folgte der Frau also, musste sich dabei aber ziemlich ranhalten, so schnell war sie. Fast sah sie in der Dunkelheit so aus, als würde sie galoppieren, absurd, welche Illusion ihr unförmiger Mantel provozierte ...

Tabea konzentrierte sich lieber auf den Schein ihrer Taschenlampe. Tatsächlich, nach einer kleinen Unendlichkeit auf einem schmalen Pfad durch die hohen Ähren, dann durch Gräser und an Bäumen vorbei tat sich vor ihnen plötzlich ein großer Parkplatz auf, der von altmodischen Straßenlaternen beleuchtet wurde. Er mündete in die Einfahrt eines Bauernhofs; »Gasthof Grießhuber« stand auf dem Schild über der Haustür. Hinter Fenstern mit grünen und gelben Butzenscheiben brannte gemütliches Licht. Das sah charmant aus! Nicht so schick wie ein moderner Öko-Gutshof, aber rustikal genug, um ein Gefühl von Landromantik zu vermitteln.

Direkt vor der Tür parkte ein Lieferwagen, auf der Speisekarte in dem Glaskasten rechts von der Eingangstür sah man den Aufdruck »Zertifizierter Bio-Hof«. Daneben war eine Plakette befestigt, und auf der prangte, wie für ein Kinderbuch gezeichnet, ein aufrecht stehendes, breit lächelndes rosa Schwein mit Ringelschwänzchen, das rechts und links zwei weiße Hühner umarmte, die auch sehr fröhlich dreinblickten.

»Kann ich gleich mein Zimmer beziehen und mich frisch machen?«, fragte Tabea, kaum waren sie eingetreten. Sie standen in einer Gaststube, hinter einem Tresen zapfte ein Mann mit kurzen grauen Stoppelhaaren ein Bier, er war so dick, dass sein Kopf halslos in seinen mächtigen Körper überging. Auf Barhockern saßen vier Männer, die sich unterhielten und lachten, sie waren genauso angezogen wie die kleine Frau, mit langer Plastikschürze und Gummistiefeln. »Selbstverständlich«, sagte diese jetzt und sprang hinter den Tresen, wo ein Bord mit vier Schlüsseln an der Wand hing. Mit einem der Schlüssel schob sie Tabea ein mehrseitiges Formular herüber. »Würden Sie das bitte noch ausfüllen?«

Das grenzte ja an Arbeit – hatte das nicht Zeit? Tabea bräuchte jetzt eher eine Toilette. »Leider eine behördliche Auflage, wir müssen alle unsere Gäste erfassen«, sagte die kleine Frau schnell, nachdem sie Tabeas angespannten Blick gesehen hatte. »Aber keine Eile, bis morgen früh reicht aus.« Die Hängeleuchte schien ihr jetzt direkt ins Gesicht. Sie war komplett ungeschminkt. Ihre Mütze war seitlich etwas vom Kopf gerutscht, eine rötliche Strähne lugte darunter hervor. Die Augen wurden von farblosen Wimpern umrahmt. *Sie ist leider wirklich keine Schönheit*, dachte Tabea, während sie nickte und nach ihrem Rucksack griff.

Gerade als die kleine Frau hinter dem Tresen hervorkommen wollte, um ihr den Weg zu ihrem Zimmer zu zeigen, entfuhr es Tabea: »Äh ... könnte ich vielleicht ein Fläschchen Rotwein mit aufs Zimmer nehmen?«

Das hatte sie eigentlich gar nicht sagen wollen, es war ihr rausgerutscht, und nun war es zu spät, tja. Gut, genau genommen hatte ihre Pilgerreise ja noch nicht richtig begonnen, die paar Kilometer heute waren eher sowas wie ein Warm-up, Tag null. Und wenn sie jetzt ihren Schlummertrunk nahm, könnte sie auf das Essen verzichten und vielleicht schon abnehmen ...

Die kleine Frau schien kurz etwas irritiert, blieb aber

freundlich, zeigte ihr zwei Rotweinflaschen zur Auswahl (mehr konnte man ja auch nicht erwarten). Tabea entschied sich für den »Trollinger«, und die Frau verschwand, um ihn zu öffnen. Sie drückte Tabea die entkorkte Flasche sowie ein kleines Weinglas in die Hand.

Und dann musste Tabea ihr schon wieder hinterhereilen, so behände stürmte die kleine Frau die Treppe im Gang neben dem Tresen hinauf.

Tabeas Zimmer war klein und gemütlich, fast alles darin war aus Holz, sogar die Wände. Es roch gut, und auf dem schmalen Bett türmte sich ein Deckbett in weißer Bettwäsche. Die Strohballen in der Ecke sollten wohl die ländliche Romantik unterstreichen, ebenso die rot-weiß karierten Vorhänge vor den heruntergelassenen Jalousien – etwas *too much* Klischee, befand Tabea. Aber unter dem dicken Deckbett würde sie vorzüglichst schlafen, zudem es im Zimmer nach Heu, Lavendel und nach etwas anderem duftete, das Tabea allerdings nicht identifizieren konnte.

Beim Gedanken an die Pilgerreisenden in den Kaufhaus-Wanderjacken, die heute so strebsam an ihr vorbeigestiefelt waren, lächelte Tabea nur mitleidig. Sie sah sich am Ende nun doch bestätigt in der Qualität ihres Alleingangs – ihre Unterkunft war mit Sicherheit ein Geheimtipp.

Während Tabea sich mühsam aus ihren Naturkautschuk-Stiefeln wand, fiel ihr Blick auf das umfangreiche Formular. Seufzend griff sie danach und las:

Name
Adresse

Telefonnummer
verheiratet/ledig
Geschlecht
Geburtsdatum
Größe
Gewicht
Impfungen
Chronische Infektionen ja/nein

Die wollten es ja wirklich genau wissen, dachte Tabea. Aber, gut, die Zeiten hatten sich eben geändert, die Welt kämpfte mit den Nachwirkungen einer Pandemie ...

Geburten ja/nein
Medikamenteneinnahme ja/nein. Wenn ja, welches?

Das ging doch nun wirklich zu weit! Tabea würde morgen beim Auschecken ihren Unmut über diese Indiskretionen kundtun. Andererseits: Die Pandemie hatte ja gezeigt, wie wichtig es war, die Daten einer Person möglichst genau zu erfassen, um Risikogruppen schneller zu identifizieren.

Sie goss sich das erste Glas Wein ein und leerte es beinahe in einem Zug. Tabea bezeichnete sich politisch als »liberal« und tolerant, sie war gegen jede Form von Dogmatismus und würde nie jemanden wegen seiner Herkunft oder geschlechtlichen Orientierung verurteilen.

Aber ebenso überzeugt war sie von der Notwendigkeit von Regeln, und natürlich deren Einhaltung. Deshalb gab sie schließlich bereitwillig Auskunft. Um die Freiheit des Einzelnen zu gewährleisten, brauchte es eben Ordnung, den Satz hatte sie neulich erst gelesen. Oder war es die *Entfaltung* des

Einzelnen, die aus der Ordnung resultierte? Vor Müdigkeit konnte sie schon keinen klaren Gedanken mehr fassen.

So langsam spürte sie gute Laune in sich aufsteigen. Der Rotwein mundete ihr vorzüglich. Kurz noch unter die Dusche, dann würde sie sich auf ihrem Smartphone einen Netflix-Film anklicken und sich der Entspannung hingeben ...

Als Tabea am nächsten Morgen um neun Uhr die Wirtsstube mit einem Brummschädel und in der Hoffnung auf ein deftiges Frühstück betrat, fand sie niemanden vor. Offensichtlich war sie der einzige Gast, kein Tisch war fürs Frühstück eingedeckt.

Aus dem Nebenraum drangen Stimmen. Tabea legte das nun ausgefüllte Gästeformular auf den Tresen und lugte durch den Türspalt. Sie konnte einen gläsernen Verkaufstresen mit einer üppigen Auslage erkennen. Ah, das war wohl der Hofladen. Sicher würde ihr jemand Kaffee und Spiegeleier mit dem leckeren Speck aus der Auslage machen können, denn darauf hatte sie jetzt Appetit.

Plötzlich rief es: »Oh! Da sind Sie ja! Mögen Sie Tiere? Wollen Sie einmal unsere Schweine sehen?« Tabea stupste die Tür zum Verkaufsraum weiter auf. Da war die kleine Frau wieder. Sie trug die Mütze und dieselben Klamotten wie am Abend zuvor. Das Tageslicht offenbarte nun lauter kleine helle, rotschimmernde Härchen in ihrem Gesicht. *Die Arme*, dachte Tabea.

Beim Blick in die Auslage entdeckte sie außerdem kleine, appetitliche Hackbällchen. Diese glänzten noch feucht, so frisch waren sie, ihre Wärme ließ das Glas beschlagen – Gutes vom Land eben, und dazu noch Bio. Dieser Hof hier war kein Massentierhaltungsbetrieb, hier behandelte man die Tiere gut, bevor man sie zu Wurst oder eben Hackbällchen verarbeitete. Tabea mochte die Atmosphäre auf diesem Hof. Sie empfand sie als sehr persönlich. Im Fernsehen hatte sie unlängst einen Bericht über die Massenware Schweinefleisch gesehen, in dem offenbart wurde, dass es gar nicht möglich war, Tiere ohne Leiden umzubringen. Oft wurden sie von Leiharbeitern aus Osteuropa erledigt, denen das Töten innerhalb von drei Stunden – statt, wie bei Metzgern üblich, in drei Jahren Lehrzeit – beigebracht worden war. In diesen drei Stunden lernten sie, wie sie das Messer exakt für den schnellen Schnitt am Schweinehals anzusetzen hatten oder aber die Elektrozange am Schweinekopf, punktgenau hinter den Ohren. Zack, zack musste das gehen. Pro Arbeitstag würden in einer Fabrik in Deutschland zwanzigtausend Schweine geschlachtet. Irgendwie bedrückend.

Kleine, lebendige Schweinchen fand Tabea nämlich ganz entzückend. Sie behielt es für sich, weil es eigentlich kindisch war, aber *Ein Schweinchen namens Babe* war einer ihrer Lieblingsfilme, sie hatte ihn schon unzählige Male gesehen. Immer, wenn sie einmal nicht so gut drauf war, wärmte dieser Film ihr Herz. Zu niedlich, wie das kleine, tapfere Tierchen Babe mit der süßen Stimme sich für andere Tiere einsetzte und wie es auf seinen krummen Beinchen beim Gehen so lustig hüpfte …! Nur am Anfang musste sie immer weinen: Als die Säue ins vermeintliche »Schweineparadies« geführt wurden, Babe seine kleine feuchte Schnauze durchs Gitter drückte und mit trauriger, gequetschter Stimme rief: »Auf Wiedersehen, Mama!«

Tabea riss sich aus ihren Erinnerungen. Natürlich wollte sie einen Blick in die Ställe dieses hübschen Hofes werfen; zurück in München, könnte sie dann allerhand Landleben-Impressionen zum Besten geben! Sie nickte der kleinen Frau zu und hastete ihr hinterher, zunächst durch die Tür hinter dem Tresen, dann einen Korridor hinunter. Dieser mündete in einen hellen, weiß gekachelten Raum, auf dessen Boden Stroh lag. Darauf tummelten sich große und kleinere Schweine.

»Ah, Sie züchten sie?«, fragte Tabea. »Ach was, nein«, gab die Frau zurück, »dazu sind unsere Ställe zu klein. Unser Züchter hat seinen Hof ein paar Kilometer weiter. Bei uns sollen die Tiere nach der Fahrt entstressen und zur Ruhe kommen. Schauen Sie, sind die nicht süß?«

Die Wirtin hielt Tabea unvermittelt ein Ferkel entgegen, das sich quiekend in ihren Händen wand. Im letzten Moment, bevor das Schweinchen im hohen Bogen pinkelte, schwenkte die Wirtin es nach rechts. Der Urin plätscherte gegen die gekachelte Wand.

»Wussten Sie, dass Schweine intelligenter sind als Hunde, Katzen oder Pferde?« Nein, das hatte Tabea nicht gewusst, sie hatte sich auch noch nie den Kopf über den Intelligenzgrad von Tieren zerbrochen.

»Schweine sind dem Menschen genetisch sehr ähnlich«, fuhr die kleine Frau fort. »Sie sind sensible und gesellige Tiere. Und Allesfresser, wie wir. Sie sind auf ihren eigenen Vorteil bedacht, wie wir. Sie haben sieben Grundemotionen: Neugier, Sexualtrieb, Begierde, Brutpflege, Ärger, Angst und Freude. Wie wir! Manch einer behauptet gar, der Mensch habe sich das Schwein untertan gemacht, weil es mit ihm konkurrierte.«

Aha. Was war denn in die Frau gefahren, so redselig hatte Tabea sie bisher nicht erlebt – und dazu diese hohe Stimme. Es war nicht gut auszuhalten.

»Der Mensch und das Schwein – beide sind intelligente,

verspielte, kommunikative und stressanfällige Wesen«, fuhr die Frau fort. »Schweine können sogar schwimmen, wussten Sie das?«

Da endet die Ähnlichkeit aber auch, dachte Tabea. Schweine, das hatte sie mal gelesen, schwitzten nicht und suhlten sich deshalb im Matsch. In manchen Kulturen standen sie wohl nicht ohne Grund für Unreinheit und Tod.

»Ja, aber in anderen wiederum für Glück und Fruchtbarkeit«, sagte die Frau – *Wie kann sie wissen, was ich gerade gedacht habe?*, fragte Tabea sich – »und im Mittelalter führten beide eine produktive Koexistenz. Schweine durften überall herumlaufen, man brauchte sie auf den Feldern, um Saatgut einzutreten oder Nahrhaftes im Erdreich zu erschnüffeln. Schweine mussten wie Menschen vor Gericht und wurden schlimmstenfalls sogar wie Verbrecher gehängt ...«

Tabea stöhnte innerlich auf. *Too much information.* Eine Kuh gab Milch, ein Schaf Wolle, ein Pferd konnte Transportmittel sein. Und das Schwein? Das gab eben Fleisch, nicht wahr? In was für eine eigenartige Unterhaltung war sie da bloß geraten, und das noch vor dem Morgenkaffee. Kein Wunder, dass sie Übelkeit in sich aufsteigen fühlte. Um sie herum grunzte, quiekte und schnaufte es, wenigstens die Tiere schienen sich topfit zu fühlen. »Äh ... könnte ich einen Kaffee haben, bevor ich aufbreche? Und etwas Proviant aus Ihrem hübschen Hofladen? Ich fürchte, ich muss mich nun etwas beeilen, ich will heute noch ein gutes Stück Weg hinter mich bringen.«

Doch die kleine Frau war plötzlich anderweitig beschäftigt. Sie hatte damit begonnen, mithilfe einer Gießkanne die laut quiekenden Tiere mit einer Flüssigkeit zu besprenkeln, die gar nicht mal schlecht roch. »Öl mit Lavendel, Teebaum, Patschuli und etwas Minze«, rief sie, während sie die Kanne wild umherschwenkte. Es war derselbe Geruch, den Tabea auch in ihrem Zimmer wahrgenommen hatte. Prompt bekam sie ein paar Spritzer ab.

»Der Geruch beruhigt die Tiere und tut außerdem ihrer Haut gut. Stress macht das Fleisch bitter und muffig, ebenso Testosteron.«

Von der Seite aus betrachtet sieht die Frau fast selber aus wie ein Schweinchen, dachte Tabea. Ihr reichte es jetzt wirklich. Sie musste unbedingt an die frische Luft, es war gestern Abend dann doch wieder die ganze Flasche geworden, der Wein hatte einfach zu gut geschmeckt, irgendwie speziell sogar, es war erstaunlich, dass die Menschen hier in der Einöde so einen besonderen Tropfen vorrätig hatten ... Vom Geruch des Öls wurde Tabea jetzt sogar schwindlig, mit einer Hand stützte sie sich an der weißgekachelten Wand ab. Wahrscheinlich der Hunger, sie hatte ja schon mindestens fünfzehn Stunden nichts gegessen.

»Wussten Sie, dass es im Grunde verboten ist, Wirbeltiere zu töten? Es sei denn, es handelt sich um sogenannte Nutztiere. Oder aber, man hat eine amtliche Lizenz zum Töten ... pardon, Schlachten. Das Wort Töten wird von Menschen im Zusammenhang mit Nahrung nicht so gern verwendet.«

»Nein, das wusste ich nicht, und es ist mir auch egal«, stöhnte Tabea. Entschuldigte sich aber sofort, als sie den vorwurfsvollen Blick der Frau sah, deren kleine blassblaue Äuglein nun ganz rot und wässrig waren.

Diese engagierte Tierschützerin neulich auf dem Viktualienmarkt, die sie um eine Unterschrift angebettelt hatte, weil man männliche Ferkel immer noch ohne Betäubung mit dem Messer kastrierte und ihnen die Hoden abriss; hatte Tabea ihr nicht etwas gereizt geraten, sich doch besser gegen die Klitorisbeschneidung, die hierzulande heimlich praktiziert würde, zu engagieren? Wieder erfasste sie eine Welle der Übelkeit. »Können wir bitte wieder zurückgehen«, murmelte sie, »mir ist gar nicht wohl.« Da eilte die kleine Frau zu ihr und wollte sie stützen. »Nein, nein, es geht schon.« Tabea war es irgendwie unangenehm, von der Frau berührt zu werden.

»Wir gehen am besten die paar Schritte geradeaus und dann links. Die Tür hinter uns lässt sich nur von der anderen Seite öffnen, die Schweine reißen sonst aus.«

Es half nichts, Tabea musste nun doch die Hilfe der kleinen Frau in Anspruch nehmen und sich auf deren Schulter stützen. Der Ausgang, auf den sie zuwankte, war durch eine schwere Plastikfolie verhängt.

Das Erste, was Tabea aus den Augenwinkeln wahrnahm, nachdem sie hinter dem Plastikvorhang wie in Trance zu Boden geglitten war, war eine große schwarze Zange, die kopfüber in einem Eimer an der Wand lehnte. »So ein Stromstoß ist schneller als das Schmerzempfinden, man muss die Zange nur an den richtigen Stellen unter dem Ohr anlegen«, hörte sie die Stimme der Frau wie aus der Ferne. »Mindestens acht Sekunden sollte der Storm aber schon fließen, damit im Gehirn eine Art epileptischer Anfall ausgelöst wird. Der Körper kann sich dann nicht mehr aufrichten. Die Gliedmaßen zucken, dabei muss die Zange aber noch den Kopf umklammern. Bloß nicht zu früh loslassen!«

Nun kam sie mit dem Ding, das fast einen Meter lang war, auf Tabea zu. »Es ist besser, Sie halten still! Dann merken Sie wahrscheinlich nichts.«

»Wieso denn ich?«, murmelte Tabea. »Was haben Sie vor, wollen Sie mich umbringen?«

»Ich *töte* sie mit dem Strom doch nicht«, kicherte die Frau, als hätte Tabea einen Witz gemacht. »Erst das Entbluten leitet den Sterbeprozess ein! Wären wir in einer Schweineschlachterei, würde ich Ihnen nach der Betäubung eine Eisenkette um Ihr Bein legen. Ein Kran würde dann Ihren Körper hochziehen und zu den Entblutungswannen leiten. Dafür hätte ich nur zehn Sekunden Zeit – sonst würden Sie mitkriegen, wie der Schlachter das Messer mit der zwanzig Zentimeter langen Klinge im Bereich des Brusteingangs ansetzt, um die großen Blutgefäße in Herznähe zu öffnen.«

Das Kichern der Frau hörte sich nun sehr wie Grunzen an.

»Würde man versehentlich eine Ader durchtrennen – sowas passiert –, könnte die sich aufrollen, und es käme zur Verblutung nach innen.« Sie kniete sich hin und tätschelte Tabeas Hand. »Wenn das Messer ordnungsgemäß angesetzt wird, rauscht das Blut innerhalb von Sekunden aus dem Körper, im Gehirn entsteht Sauerstoffmangel. Erst dadurch setzt der Tod ein. Wären Sie in einer Schweineschlachterei, kämen Sie danach noch zur Haar- oder Borstenentfernung in die Wanne mit dem sechzig Grad heißen Wasser.«

»Aber warum das alles?«, flüsterte Tabea. »Weil ich ihr Fleisch esse? Wollen Sie sie rächen?«

»Also wirklich!« Die Frau wirkte plötzlich empört, vor ihrem Mund bildete sich Schaum, der dann in einem lange Faden auf den Boden tropfte. Ihre kleinen Äuglein fixierten sie. »Pah, Rache! Manchmal glaube ich, ihr Menschen seid nicht mal so intelligent wie wir!«

Die Frau erhob sich, hoppelte zu einer Kanne und begann wieder eine Flüssigkeit zu vergießen, deren Geruch Tabea vollkommen einlullte. *Man will mich also wirklich abstechen und ausweiden …*

Die Frau nahm nun wieder die Zange in die Hand. »Ich weiß, ihr Menschen hört es nicht gern, dass das Schwein euch ähnlicher ist als der Affe. Weil ihr euch darüber freut, dass die listigen Mätzchen der Affen scheinbar eure Intelligenz widerspiegeln! Die Primaten sind euch evolutionsmäßig vielleicht näher. Aber ihre Organe sind trotzdem zu klein für euch.«

»Nehmen Sie meine Armbanduhr«, wimmerte Tabea, »es ist eine Tank von Cartier. Nur bitte töten Sie mich nicht, lassen Sie uns reden ...«

»Ach was, ich will Sie doch nicht *töten*: Sie bekommen ein neues Herz!« Der Blick aus den kleinen roten Äuglein wurde nun fast liebevoll. »Die Organe eines Schweins sind in etwa so groß wie die des Menschen. Faszinierend, nicht wahr? Herzklappen, Haut und Kollagen vom Schwein werden bereits verpflanzt. Auch Schweineherzen wurden schon transplantiert. Allerdings bisher nur von Tier zu Tier. Und weltweit arbeiten Forscher an Alternativen, um den Mangel an Spenderorganen zu beheben. Auf unserem Hof haben wir nun die Möglichkeiten geschaffen, weiterzugehen. Wir haben eine perfekte Versuchsstation gebaut, einen Hightech-Stall! Wir halten genetisch veränderte Xeno-Schweine, deren Organe vom menschlichen Körper nicht abgestoßen werden. Jedenfalls ist das der Plan. Natürlich stecken wir noch mitten in der Langzeitbeobachtung. Ist das nicht ungeheuer spannend? Sie könnten sich freuen: Sie werden vielleicht in die Medizingeschichte eingehen!«

Dann umspannte sie Tabeas Kopf mit der Zange.

MIRIAM STEIN
Geisterstadt

Das Haus stand am Wendekreis der Straße hinter einem hohen, knochigen Magnolienbaum, efeubewachsen, vielleicht hundertjährig. Ein geschlossener Teppich aus verdorrten Blättern überzog die Einfahrt und die kleine Treppe vor der hölzernen Eingangstür, in der Werbezettel den Briefkastenschlitz verstopften. Die Büsche im Vorgarten wucherten, im Vergleich zu den perfekt in Schuss gehaltenen in den Nachbargärten. Keine Frage, hier war tagelang – vielleicht schon wochenlang – niemand mehr gewesen.

Trotzdem, dies war kein verlassenes Haus, der Garten war lediglich leicht ungepflegt, keinesfalls verwildert. Vermutlich waren die Anwohner in ihr Wochenendhaus gefahren, wie alle, die eines hatten. Schon die Pest hatte sich besser auf dem Land aushalten lassen.

Mein Mann und ich blieben noch eine Weile stehen und betrachteten das Haus. In den angrenzenden Gebäuden gingen die Lampen an und erleuchteten warme Stuben, gepflegte und geputzte Heimidyllen. Man konnte sie quasi riechen, die Suppen, die auf Herdplatten köchelten, Plätzchen in Backofen und trockene Scheite, die in Kaminfeuern knisterten. So sollte es aussehen, das sichere Zuhause, oder? Irgendwo starben Menschen, röchelten um ihr Leben. Daheim bleiben schien die sicherere Option.

Wir hatten keinen Kamin, Plätzchenbacken lag weder meinem Mann noch mir. Unserer Tochter konnten wir Geschichten erzählen, ihr beibringen, wie man ein Hochbett baut, einen Reifen flickt, einen flachen Stein mehr als fünf Mal übers Wasser springen lässt oder mit zehn Fingern tippt. Kleiner digitaler Vorsprung: Mit ihren sechs Jahren konnte unsere Tochter bereits die Food-Lieferanten-App bedienen. Mein Mann fand das reif und klug, ich peinlich (für mich). Unter uns nannten wir sie entweder unser »ungeplantes Wunschkind« oder auch einen »Verhütungsunfall«, dieses drahtige Wesen mit störrischen, braunen, zu langen Haaren und blassgrünen Augen, die mit der Präzision einer Überwachungskamera – zurückhaltend, immer geschärft, fast etwas furchteinflößend – in die Welt blickten. Manchmal kam es mir vor, als sähe sie damit Dinge, die ich gar nicht wahrnahm. Sie war ein stilles, aufmerksames Kind, schien wenig zu brauchen und versank stundenlang in Spiel- oder Buchwelten.

Häufig fühlte ich mich, als gäbe es einige Aspekte der Elternschaft, die ich verstand und ganz selbstverständlich lebte – die Kleine hatte beispielsweise in unserem Bett geschlafen, bis sie von ganz allein das Bedürfnis nach nächtlicher Nähe nicht mehr verspürte. Selten fühlte ich mich ihr verbundener, als wenn ihr warmer, schlafender Körper neben mir lag.

Ganz Alltägliches hingegen funktionierte in unserer Familie nicht. Alle ihre Socken hatten Löcher, ihre Hosen und Pullis waren entweder zu klein oder zu groß. Mahlzeiten standen nie zu festen Uhrzeiten auf dem Tisch. Wäre sie in meiner Kindheit aufgewachsen, hätte man sie »Schlüsselkind« genannt.

Gerade verstand sie nicht, warum wir so lange in der Straße verharren mussten. Sie fror, hatte Hunger und wollte nach

Hause. Doch ich konnte nicht. Das Haus zog mich an, dieser Traum von einem geordneten, einem sicheren Leben. Erst als die letzten Sonnenstrahlen verschwunden waren und die Siedlung von Dunkelheit verschluckt wurde, war ich bereit, aufzubrechen.

Als wir in unsere Wohnung zurückkehrten, war der Strom abgeschaltet. Mein Mann kramte Kerzen und Teelichter aus Schränken und Schubladen, ich füllte Müsli und Milch aus dem zimmerwarmen Kühlschrank in Schalen.

Eigentlich hätte das nicht passieren dürfen, gesetzlich nicht, Miete, Gasversorgung und auch Stromrechnungen konnten gestundet werden. Vermutlich hatte unser Anbieter diese offizielle Ansage zur Pandemie nicht mitbekommen. Oder aber, die Richtlinien waren geändert worden und wir hatten es nicht mitbekommen, Informationen segelten gern um meinen Mann und mich herum, an uns vorbei. Vielleicht hätten wir anrufen und Bescheid sagen müssen? Wir kamen beide häufig durcheinander.

Außerdem: Ich hatte schon so viele Anrufe getätigt. Unser Familieneinkommen schwand seit Monaten, selbst in den so genannten gelockerten Sommermonaten. Großveranstaltungen fanden seit Frühjahr nicht mehr statt, entsprechend wurden Messebauer und Caterer nicht mehr benötigt – geschweige denn unbekannte Bildhauer und ausgebildete, aber Buch-lose Schriftstellerinnen. Damit sackte eine auch in normalen Zeiten riskante Haushaltsrechnung Lockdowntag um Lockdowntag in sich zusammen. Die wenigen Rücklagen, die wir gemeinsam erspart hatten, zersetzten sich in Form von Mietzahlungen oder aber lösten sich in Form von leer gegessenen Nudelpackungen, Tomatendosen, Toastbrottüten und Apfelkerngehäusen im Abfall auf. Jetzt, im November, betrug das Familieneinkommen und -vermögen: null.

Nun, nachdem wir unsere Dispos ausgereizt hatten, konnten wir keine Rechnung mehr bezahlen. Auch nicht die Stromrechnung. In Pullis und jeweils zwei Paar Socken hockten wir drei also am Tisch, über den wabbligen Cornflakes. Das Gesicht der Kleinen flackerte im Kerzenlicht – wir konnten nicht erkennen, ob sie sich im Dunkeln fürchtete oder nicht. Als sie ihre Schale aufgegessen hatte, stellte meine brave Tochter das Geschirr in die stromlose Spülmaschine und ging schweigend Zähne putzen. Mein Mann suchte derweil im Hausflur erfolglos nach einer funktionierenden Steckdose. Ich brachte die Kleine ins Bett.

Als ich wieder in die Küche kam, waren die letzten, billigen Paraffin-Kerzen runtergebrannt und die Teelichter erloschen, die Möbel der Wohnung verwischten zu grauen Schatten. Wie lange würde wir es ohne Strom aushalten? Die Tage wurden immer kürzer, bereits nachmittags verschluckte die Dunkelheit das Tageslicht mit winterlicher Wucht.

Als wenig später die Nacht unser mittlerweile eisiges Schlafzimmer in Schwärze ertränkte, dachte ich wieder an das Haus am Wendekreis unter der verdorrten Laubdecke, friedlich, verlassen, leerstehend. Sicherlich strömte das Wasser dort noch warm aus den Leitungen, sicherlich sprangen die Lampen im Flur an, sicher funktionierten das Internet und das Telefon noch. Dort könnte ich Telefonate führen, könnte dem Gas- und Stromanbieter erklären, dass wir »Härtefälle« waren und krisenbedingt auch unentgeltlich das Recht auf Grundversorgung hatten.

Stattdessen blinkte der Akku meines Handys rot, am Morgen würde es erloschen sein, genau wie das meines Mannes und wie die Lampen und Kerzen um uns herum.

Gegen zwei Uhr morgens überkam mich ein abseitiger Gedanke. Ich erzählte meinem Mann davon: Noch bevor wir abwägen konnten, ließen wir unsere Tochter allein in ihrem Bett zurück und liefen, rasch und lautlos, zu dem Haus.

Alle Fenster waren dunkel, die Läden standen offen. Mein Mann half mir, über das hohe Gartentor zu klettern, dann schlichen wir um das Haus herum in den kleinen Garten. Der weiß leuchtende Mond warf sein schimmerndes Licht auf ein Schaukelgerüst und ein mit Laub bedecktes Trampolin.

Ein Fenster zum Vorgarten stand auf Kipp. Es bedurfte nicht mehr als einer schmalen Hand, um den alten Fenstergriff aus Messing aufzudrehen. Und es war gerade groß genug, um bequem raus- und reinschlüpfen zu können.

Wenig später, zurück in unserer Wohnung, griff ich blind einen Packen ungeöffneter Briefe, Ladegeräte und Laptops vom Küchentisch, während mein Mann unsere Tochter weckte und sie wie eine Puppe in ihre wattierte Polyesterjacke steckte. Schlaftrunken trottete sie durch die frostkalte Nacht hinter uns her, bei jedem Schritt hörte ich ihre nackten Füße in ihren zu großen Winterstiefeln schlappen.

Wir hoben sie als Erste durch das kleine Fenster neben der Haustür. Drinnen erleuchtete das von den Ästen des Magnolienbaums gebrochene Licht der Straßenlaterne den Flur schummrig. Ich hob einige Tageszeitungen auf, die es noch durch den Briefschlitz geschafft hatten, und überprüfte die Daten – die älteste war vierzehn Tage alt.

Neben einem Einbauschrank befand sich eine weitere, schmale Tür. Mein Mann öffnete sie einen Spalt weit; eine steile Treppe führte runter in den Keller.

Wir stiegen über die verstreute Post hinweg, schlichen die mit Teppich bezogene Holztreppe hinauf und fanden im ersten Stock ein Kinderzimmer. Dort ließ ich die Kleine im fremden, weichen Bett friedlich weiterschlafen.

Das Haus bestand aus drei Stockwerken. Insgesamt fünf Zimmer erstreckten sich über die erste und zweite Etage. Im Erdgeschoss ging es von der großzügigen Küche zum Essplatz in den Wintergarten, der wiederum auf die Terrasse führte. Daneben lag das Wohnzimmer.

Mein Mann steckte die leeren Handys und Laptops ans Stromnetz. Ich fand ein durch weißes Mondlicht erleuchtetes Badezimmer. Achtlos ließ ich meine Klamotten auf den Fußboden fallen und stellte mich unter die Dusche. Das dickflüssige Duschgel roch nach Mandarinenrinde, und ich duschte heiß, bis das ganze Bad von Wasserdampf eingehüllt war. Danach trocknete ich mich mit einem großen, duftigen Handtuch ab und schlüpfte in einen der zwei weichen, dicken Frotteebademäntel, die an der Zimmertüre hingen. Barfuß ging ich die teppichbezogene Treppe hinunter, mit jedem Schritt versank ich dabei etwas tiefer in die weichen Fasern und fühlte, wie meine Muskeln nachgaben.

Mein Mann hatte unten im Flur den Router mit dem WLAN-Passwort auf dem Rücken gefunden und unsere Geräte eingeloggt. Er grinste mich an:

»Gar nicht so übel.«

»Probier die Dusche ...«

Während er im Bad verschwand, blieb ich allein im Wohnzimmer zurück. Immer wieder meinte ich, Blicke im Nacken zu spüren, so, als schaue mein Gewissen mir über die Schulter.

Vorsorglich ließ ich die Lichter aus und schaltete stattdessen nur den Fernseher an. Das blaue Licht erfüllte den Raum, und das ernste Gesicht der Nachrichtensprecherin verkündete mir eine beinah erleichternde Pandemie-Regelung: Brandenburgern und Berlinern war es weiterhin gestattet, ihren Grund und Boden instand zu halten. Das hieß, Zweitwohnsitze durften trotz Lockdowns bereist werden, und bedeutete: Die rechtmäßigen Eigentümer würden sicherlich noch eine Weile wegbleiben. Wir würden nur bleiben, bis die Soforthilfe auf unsere Konten eingegangen war, würden alle Zimmer wienern und polieren, die Betten frisch beziehen – es würde sein, als wäre nie jemand hier gewesen.

Ich ließ mich aufs Sofa fallen. Über der Ottomane davor lag eine graue, samtweiche Decke, die meine nackten Füße wärmte, und die Anspannung der letzten Monate versank in den Sofakissen, die dick wie Strohballen und fluffig wie Marshmallows waren. Ich checkte meine E-Mails: Ein Filmfest, bei dem ich hatte servieren sollen, war abgesagt worden. Weitere Absagen. Und immer wieder der gleiche Satz: *Bitte hab Verständnis ...*

Ich mailte unserem Vermieter, dass wir keine Miete mehr überweisen könnten. Die Nachrichtensprecherin verkündete derweil, dass Südkorea das Virus vorbildlich unter Kontrolle bekommen habe. Dort gebe es keinen Lockdown, stattdessen strikte Test- und Quarantäneregeln. Die Polizei würde alle Bürger per Handy tracken und dürfe Quarantänebrecher strafrechtlich verfolgen. Einen Augenblick hielt ich inne und fragte mich, ob die Polizei mein Handy bis hierher verfolgen und feststellen könnte, dass dies nicht mein Zuhause war.

Plötzlich hörte ich meinen Mann im Badezimmer laut fluchen. Was war los? Er würde die Kleine wecken!

Ich schaltete den Ton des Fernsehers ab und schlich hoch.

»Alles o. k.?«, flüsterte ich durch die Tür.

»Ja«, antwortete er, »das Wasser wurde plötzlich total heiß. Ich glaube, ich hab mich am Rücken verbrannt. Aber ich komme schon klar.« Bevor ich wieder runterging, lugte ich durch einen Türspalt ins Kinderzimmer. Die Kleine sah so friedlich aus in der fremden, geschmackvollen Bettwäsche.

Zurück auf dem Sofa, zappte ich durch die Kanäle. Die Fernbedienung schien träge, Kanäle schalteten sich viel langsamer um, als ich drückte. Mein Mann schlurfte nun ebenfalls barfuß die Treppe herunter.

»Schau mal, ist was an meinem Rücken?«, fragte er und ließ den fremden Bademantel fallen. Auf seinen Schultern prangten tatsächlich großflächig rote Flecken. Irgendwas schien mit dem Fernseher nicht in Ordnung: Die Kanäle schalteten sich plötzlich von allein weiter, so schnell, dass die Bilder nur noch wie Lichtblitze über den Flat Screen wischten. Ich machte das Gerät aus.

»Hast du das gekühlt?«, fragte ich meinen Mann.

Bevor er antworten konnte, schaltete sich der Fernseher wieder an. Die Stimme der Nachrichtensprecherin ertönte jetzt lauter im Raum. Erschrocken hechtete ich nach der Fernbedienung, um auf stumm zu schalten. Aus dem Augenwinkel sah ich mein Handy am Ladekabel flackern. Vielleicht war etwas mit der Stromversorgung nicht in Ordnung? Mein Mann schlüpfte zurück in den Bademantel und suchte nach einem Verteilerkasten. Das Fernsehbild begann zu flackern, was ich unheimlich fand, also beschloss ich, den Stecker zu ziehen.

Als ich mich hinter das Gerät bückte, hörte ich eine Stimme:

»Wo sind wir denn?«

Die Kleine stand hinter mir und betrachtete mich. Ich zog den staubigen Stecker und erklärte zögerlich, dass wir in diesem schönen Haus bleiben dürften, bis das Licht bei uns wieder funktionierte. Die Kleine rührte sich nicht. Sie trug noch ihren Pulli, T-Shirt und Socken, ich hatte ihr nur die Hose zum Schlafen ausgezogen. »Wann können wir wieder nach Hause?«, fragte sie, »hier wohnt jemand anderes. Andere Kinder. Im Kinderzimmer sind Jungenspielsachen und Jungenklamotten. Dein Handy macht komische Sachen.«

Das Telefon flackerte tatsächlich, als vertrüge es den fremden Strom nicht. Ich zog auch das Netzteil ab und stellte das Telefon aus.

»Außerdem hat die Frau gesagt, dass wir nicht hierhergehören.«

Was?

»Schätzchen«, hörte ich mich sagen, »welche Frau meinst du?« Zum Ende der Frage verlor ich die Kontrolle über meine Stimme. Sie kiekste hoch und schrill.

»Die Frau, die hier wohnt«, antwortete sie.

Es fühlte sich an, als würde der Sauerstoff aus dem Raum gesogen. Scham kroch in mir auf, wie bei Kindern, die am Tag vor Weihnachten die Geschenke gesucht und ausgepackt hatten. Natürlich war jemand zuhause, vielleicht ein Au-Pair-Mädchen oder eine Tante. Wer ließ schon sein schönes Haus wochenlang leer stehen? Wenn wir uns beeilten, könnten wir vielleicht einfach wieder verschwinden. Wer würde schon ein Kind ans Messer liefern? Ich hatte meine E-Mails geschrieben und die Handys geladen. Sollte ich mit der Frau sprechen? Ihr erklären, dass wir zuhause im Dunkeln saßen?

Ich rief meinem Mann zu, dass wir nicht allein waren und schnellstens verschwinden mussten. Dann griff ich nach meinem Computer, dem Telefon und rückte notdürftig die Sofakissen zurecht. Plötzlich erinnerte ich mich, dass ich noch den wildfremden Bademantel trug, während meine Kleidung im Bad und im Kinderzimmer verstreut lag. Dass keiner von uns angezogen war und wir so unmöglich durch die Novemberkälte nach Hause laufen konnten. Ich musste nochmal hoch.

Als ich mich dem Treppenhaus näherte, flackerten die Deckenlampen auf. Wie konnten sie überhaupt angehen? Wir hatten die Schalter nie betätigt. Eine Art Alarmanlage? Zum ersten Mal erkannte ich Farben im Haus – der weiche Teppich unter meinen Füßen war beige, die Wände steingrau und pistaziengrün. Plötzlich, vom obersten Stockwerk nach unten, zerbarsten mit trockenem Platzen die Glühbirnen, klack, klack, klack. Feine Glassplitter rieselten wie Schneeflocken zu Boden. Mit jedem Schritt schnitten die scharfkantigen Scherben in meine nackten Fußsohlen und hinterließen winzige Blutflecken auf dem hellen Teppichboden.

Meine Tochter folgte mir, elend klagend. Dieser Ton schoss mir in die Glieder wie ein Frostschauer. Reflexartig drehte ich mich auf dem Treppenabsatz um und streckte die Hand nach ihr aus, dabei merkte ich: Nicht sie schrie und heulte. Sie stand immer noch ganz ruhig unten am Fuß der Treppe und schaute hoch. Das Jammern kam von oben. Dort oben war jemand.

Aus dem Jammern wurde ein Grollen, laut und markerschütternd, wie der Motor eines Düsenjets. Eine Figur hing am Treppengeländer im obersten Stockwerk, eine weiße Bluse leuchtete fahl im Mondlicht. War das die Frau, von der die Kleine gesprochen hatte? Machte sie diese Geräusche? Ich drehte um, rannte nach unten, griff mein Kind und schleppte es zur Haustür. Eigentlich war sie mittlerweile zu groß, um getragen zu werden, sie hing schwer wie nasse Bettwäsche an mir herunter. Panisch griff ich nach der Türklinke, doch sie ließ sich nicht öffnen. Ich rüttelte und rüttelte, doch die Tür gab nicht nach. Natürlich nicht. Wir hatten keinen Schlüssel, nie gehabt.

Mein Mann rannte zu dem Fenster, durch das wir eingestiegen waren. Das Grollen ließ das Haus nunmehr erbeben, als öffne sich unter dem Fundament die Erdkruste und als würde kochende Lava nach oben gedrückt. Als mein Mann den Fensterhebel drehte, löste sich der Griff und fiel in seine Hand. Das Fenster würde sich nun nicht mehr öffnen lassen. Die Terrasse! Diese Tür ließ sich leicht öffnen. Wir flüchteten hinaus in den Garten, draußen verstummte das Grollen, auch der Boden bebte nicht mehr. Stattdessen drang die Novemberkälte bis in unsere Knochen. Die eisigen Halme des gefrorenen Rasens drückten wie Stecknadeln in meine blutigen, nackten Füße. Wohin? Wo lang? Die hohe, verschlossene Gartentür konnten wir mit der Kleinen unmöglich überklettern, der Rest des Gartens war von einer hohen Mauer umgeben. Der einzige Weg hinaus führte durch das Haus.

Die Kleine schlotterte nun vor Kälte. Ihre Lippen hatten die Farbe von wässriger Tinte angenommen. Mein Mann trat mit ganzer Kraft gegen das Gartentor: Ein metallenes Scheppern durchfuhr die nächtliche Stille, so laut, dass die Krähen in den Bäumen der Nachbarhäuser aufschreckten und schreiend in den finsteren Himmel flogen. Mein Mann sah mich verwirrt an, als habe er den Lärm nicht bedacht, als er gegen das Gartentor getreten hatte.

Jetzt mussten wir schleunigst wieder ins Haus, bevor die Nachbarn aufwachen und aus ihren Fenstern schauen würden. Wir rannten, die Kleine voranschiebend, wieder hinein, ich schloss die Tür, mein Mann wickelte das Kind in die Sofadecke. Auch drinnen hatte sich das Grollen gelegt. Jetzt oder nie. Wir signalisierten unserer Tochter zu warten, während wir auf unseren kältetauben Füßen zum Treppenhaus schlichen.

Die Frau war nirgends zu sehen. Wo war sie hin?

Mein Mann erreichte den ersten Stock als Erster, er lugte geräuschlos in die Zimmer, dann winkte er mir. Langsam erklomm ich Stufe um Stufe. Wo eben das Jammern das Fundament des Hauses hatte erzittern lassen, herrschte nun eisige Stille. Hatte die Frau die Polizei gerufen? Mein Mann rannte ins Kinderzimmer, um Hose und Jacke unserer Tochter aufzuklauben. Ich stürzte ins Bad und ergriff unsere Klamotten. In diesem Moment hörte ich eine Tür laut ins Schloss fallen und sah, dass meine Tochter die Treppe hochgelaufen war.

»Papa!«

Die Tür zum Kinderzimmer hatte sich hinter meinem Mann geschlossen.

Die Kleine rannte hin und rüttelte daran, während mein

Mann von innen versuchte, sie zu öffnen. Es war, als würde das ganze Haus unter dem Geräusch erbeben.

»Papa!«, rief die Kleine wieder.

Die Tür gab nicht nach. Ich lief zu ihr, schob sie zur Seite.

»Versteck dich im Keller!«, zischte ich ihr zu.

»Mama, ich will bei dir bleiben!«

»Ich muss jetzt Papa helfen, bring dich in Sicherheit! Wir holen dich und gehen dann alle zusammen nach Hause!«

Mein Mann kämpfte drinnen mit aller Gewalt gegen die Tür. Hatte die Frau sie verschlossen, ohne dass wir sie gesehen hatten? Meine Füße und Hände begannen zu kribbeln, ich zwang mich, tief ein- und auszuatmen. Mein Mann schimpfte im Kinderzimmer. Wieder schien das Haus zu beben.

Ich drückte ein letztes Mal die Türklinke. Plötzlich gab sie nach, und ein Blitz durchfuhr meinen Körper. Ich verlor die Bodenhaftung, als würde ich zurückgeschleudert und in Zeitlupe zu Boden gehen. Sterne erleuchteten den Flur. Unter mir öffnete sich ein tiefer Abgrund, und ich fiel und fiel und fiel. Von irgendwoher hörte ich meinen Mann schreien und mein Kind weinen. Ich sah sein Gesicht wie durch einen Schleier.

Immer wieder hatte mein Mann angeboten, sich nach einem festen Job umzusehen, ich war es, die darauf erpicht gewesen war, keine Kompromisse zu machen, ich wollte meine Schreibkunst bis in die Fasern meines Körpers spüren. Ich kleidete unsere Armut in einen schillernden Mantel aus Unabhängigkeit: Wenn wir kein Geld hatten, um in den Urlaub zu fahren, suchte ich mir im Sommer einen Saison-Kellnerinnen-Job auf dem Land am See. Dort zelteten wir am Ufer.

Nach Feierabend ließ ich die Beine ins Wasser baumeln und erzählte meiner Tochter Geschichten von Waldgeistern und Baumtrollen. Wenn mein Mann wochenlang auf eine Messe in eine andere Stadt fuhr, nahm ich die Kleine mit zur Arbeit und baute ihr ein Bett im Van der Catering-Firma – Abenteuerferien! Ich brauchte nicht viel, kein Eigentum. Dachte ich zumindest. Etwas wie eine Pandemie hätte ich mir nicht vorstellen können. Wer hätte das schon?

Plötzlich vernahm ich eine Stimme, irgendwo in meinem Kopf: Ich war schon mal hier. Ich kannte dieses Haus. Ich kannte dieses Zimmer, ich kannte diesen Flur. Ich kannte dieses Bad. Heute Abend hatte ich hier nicht zum ersten Mal geduscht. Ich kannte den Duft des Duschgels und das flauschige Gefühl des Frottees auf meiner Haut. Was?

War ich wirklich schon einmal hier gewesen? Hatte mich das Haus deswegen so angezogen? Plötzlich sah ich mich in meinem ersten Auto sitzen. Es war, als mischten sich fremde Bilder in meine Erinnerungen. Ich hatte jemanden hier abgesetzt ... eine Kommilitonin – wie war noch gleich ihr Name?

Meine Erinnerung an ihr Gesicht verschwamm, es gelang mir nicht, es scharf zu stellen. Die ganz Ehrgeizige. Wir anderen dachten, sie würde eines Tages berühmt werden, doch nach dem Abschluss hörte keiner aus unserer Klasse je wieder von ihr. Ich erinnerte mich, dass ihre Eltern als Gastarbeiter aus Südkorea nach Deutschland gekommen waren. War ihre Mutter Erzieherin gewesen? Oder Krankenschwester?

Nach den langen Tagen in der Schreibwerkstatt kellnerte sie vier Tage die Woche in einem Restaurant, um ihr Studium zu finanzieren. Ihr sei klar, hatte sie erklärt, dass es für Leser schwierig sei, zu akzeptieren, dass ein asiatisches Gesicht deutsche Literatur verfasse. Wenn sie überhaupt den Hauch einer Chance bekommen wolle, müsse sie doppelt so gut werden wie alle anderen, sagte sie immer wieder. Jetzt hallte der Satz wie Pistolenfeuer in meinem Kopf: *Doppelt so gut.*

Vielleicht formulierte sie uns deswegen in allen Kursen an die Wand, formte die perfektesten Sätze, fand die schönsten Metaphern – ihr Leben schien von der Qualität ihrer Arbeit abzuhängen. Sie ging nie mit uns aus. In der Klasse gingen Gerüchte rum, sie habe Affären mit verheirateten Männern.

Mir war das vollkommen wurscht – könnten nur moralisch korrekte Menschen schreiben, wäre der literarische Kanon vermutlich um mehr als die Hälfte reduziert. Vielmehr bewunderte ich sie für ihren Perfektionismus und suchte deswegen immer wieder ihre Nähe: Ich hatte gehofft, dass etwas von ihrer Arbeitsmoral auf mich abfärben würde.

Vermutlich hatte ich sie überredet, mit mir zu trinken. Vermutlich hatte ich sie gefragt, wie sie so verdammt diszipliniert sein konnte. Sie hatte gelacht, schrill und übersteuert vom Alkohol, ihren Ärmel hochgezogen und eine lange, sich windende Schlange von Schnitten präsentiert, einige kaum verkrustet und kaum verheilt, andere nur noch als strichdünne, weiße Narben sichtbar. Dann hatte sie ein Mäppchen aus der Tasche gezogen, eine Rasierklinge herausgenommen und am Kopf ihrer Schnittschlange weitergeritzt. Sie hatte mir die Klinge gereicht, ihr Blut hatte eine dichte Tropfen-Spur auf dem Tisch hinterlassen:

»Jetzt du …!«

Blei schien gerade durch meine Adern zu fließen und meinen Körper abwärts zu ziehen. Mein Unterarm schmerzte, meine

Gedanken kreisten. Aufstehen musste ich, mich aufraffen, ich hatte meine Familie hierhergeführt, hier in dieses Haus.

Ich war schon mal hier, hörte ich die Stimme wieder in meinem Kopf sagen. Der weiche Teppich unter meinen nackten Füßen fühlte sich so vertraut an, als wäre ich hunderte Male drübergelaufen. Meine Familie ... meine Tochter, mein Mann saßen hier fest.

Familie, seltsames Konstrukt: Man hält zusammen, egal, was passiert. Blut, dicker als Wasser. Selbst wenn das Blut aus der Nase der Mutter meiner Kommilitonin ran. Nachdem sich das Gesicht des Vaters rot vor Zorn gefärbt hatte. Ich sah sein Gesicht vor mir, als wäre ich dabei gewesen: Seine Fäuste flogen durch die Luft, wie Worte in einer fremden Sprachmelodie aus seinem Mund fauchten. Dann wurde es mir klar: Ich sah, was sie gesehen hatten, hörte, was sie gehört hatte, verstand, was sie in den fremden Worten verstanden hatte:

»Ich. Dulde. Keinen. Widerspruch!«

Kein Wunder, dass sie ihre Arme geritzt hatte – kleiner Schnitt, große Erleichterung. Ich hatte meine Familie hierhergeführt. Jeder braucht sein Ventil. *Jetzt du.*

Vielleicht half es einem wirklich, klarer zu denken. Nur ein bisschen Erleichterung. Ein kleines bisschen Druck abbauen. Fingernägel, tief in der weichen Haut des Unterarms, bis warmes Blut auf den Teppich rann. Terror in den Augen des Mannes, der vermutlich meiner war, Erinnerungen kamen und gingen, doch in seinen Augen sah ich elementarsten Schrecken, blanke Furcht, grell wie Neonlicht, beißend wie Säure.

Sie hatte es gewusst, jetzt sah auch ich klar: ein Schnitt, frisches Blut, und der Druck flachte ab. *Ich* beruhigte mich, *ich, sie, wir.*

Wir schritten zur Tat.

Wir umklammerten den Hals des Mannes, seine Adern pochten warm und lebendig in unserer Faust. Seine Augen traten aus den Höhlen wie Tabletten, die man aus einer Silberfolie drückt.

Was in mich gefahren sei, stammelte er. *Mich. Uns.* Der Schmerz, der für immer bleibt, aber der Druck, den man beseitigen kann, weil man sieht, dass man lebt.

Ein anderer Mann war im gleichen Haus aufs Ganze gegangen. Als *wir* schon mal hier gewesen waren. *Wir* hatten ihn zu nichts gezwungen. Er hatte uns gewollt. Er hatte uns gesagt, dass er uns hübsch fand. Er hatte gesagt, dass wir klug seien, so fleißig, so aufmerksam. Dass wir eine große Zukunft vor uns hätten, dass Frauen wie wir ideale Partnerinnen seien. Dass er uns liebte. Dass er seine Familie, dieses Haus verlassen und für immer mit uns zusammenbleiben würde. Wir waren verblendet genug gewesen, ihm zu glauben, seine Worte hatten uns geschmeichelt wie aufwendig geschmiedete, goldene Schmuckstücke. In Wahrheit hatte er gelogen.

Dieser Mann hier krümmte sich in seiner Blutlache. An seinem Hals erkannten wir im fahlen Licht die blauen Flecken, die unsere Hand hinterlassen hatte. *Dieser* Mann war großgewachsen, mit starken Armen, und sein Blick ließ etwas in uns still werden.

»Was ... ist ... mit ... dir ...!«, stammelte er.

»Das ist nicht Mama«, sagte das Mädchen mit elegischer Stimme, »das ist die Frau, die hier wohnt.«

Die Kleine stand wie ein Schatten im Flur, die Augen starr auf uns gerichtet. Sie hatte uns erkannt, uns zugehört. Wie gelang ihr das? Und was war mit ihr? Sollte man ihr Leben jetzt beenden? Bevor ihr das widerfuhr, was wir erlebt hatten? Die Erniedrigung, niemals in einem solchen Haus gelebt zu haben? Sich immer fremd zu fühlen? In ihrem schmalen Hals pochte das Leben, wie einst unseres. Standen nicht auch wir mal in einem dunklen Flur, waren wir nicht auch Töchter, zu eingeschüchtert, um uns zu schützen? Sollten wir sie auslöschen? Warum sie dieser Welt aussetzen? Warum sie in die Welt der Lügen eintreten lassen? Warum ihr vorgaukeln, sie könne etwas werden? Dann lieber: Kleiner Schnitt – große Erleichterung.

Wir streckten unsere Hand aus. Ihr Hals war viel kleiner als der des Mannes, zarter. Der Mann in der Blutlache versuchte sich aufzubäumen, armer Wicht, immer wieder sackte er zusammen, mit dem tiefen, ausdauernd warm blutenden Schnitt in seinem Arm, den unsere Fingernägel so kunstvoll hinterlassen hatten. Das Kind rührte sich nicht, leistete keinerlei Widerstand. Der Mann wimmerte und flehte, weinte und schluchzte. Jetzt verstand er, was echter Schmerz bedeutete. Echter Verlust. Hilflosigkeit. Die Kleine aber blickte uns direkt in die Augen, tapfer, furchtlos. Uns schmerzte der Körper bei ihrem Anblick. Wir ließen sie los. Sie war ein Teil von uns.
»Lauf!«, schrie der Mann.
Das Mädchen reagierte blitzschnell. Sie verschwand.

Nun mussten wir zu Ende bringen, was wir begonnen hatten. Nicht verschonen, was uns keine Chance gelassen hatte.
Im Leben waren wir brav und still gewesen. Hatten Worte

über unsere Chancen gehört und tief in uns drin die Furcht, beschädigt zu sein, gespürt. Dass wir etwas brauchten, wie einen Mann, der in der Lage war, so ein Haus zu besitzen und zu unterhalten. Dass wir dachten, auch von ihm gehegt und gepflegt zu werden, wie diese Zimmer, dieser Garten. Ein Mann, der in so einem Haus lebt, verletzt, schlägt und demütigt nicht. Wie bitter wir uns getäuscht hatten. Wieder einmal.

Damit war nun Schluss. Wir konnten nicht zurück. Die Gewalt, die uns angetan wurde, die Lebensgrundlage, die uns genommen wurde, hatte jeden angelernten Anstand erstickt. Der Übergang zur ewigen Ruhe, der uns verwehrt wurde, hatte uns rastlos gemacht. Wir waren hintergangen worden, ausgenutzt, ausgespielt, verbraucht und weggeworfen. Wir waren nicht mehr verhandlungsbereit.

Wir hatten gedacht, wir könnten uns Kontrolle erarbeiten. Hoheit durch Bildung, Entscheidungsfähigkeit. Waren wir nicht auch hier geboren worden? Galten nicht die Regeln dieser Welt? Oder waren sie letztendlich genauso gegen uns aufgestellt worden wie die der alten Heimat? Stattdessen waren wir abhängig geblieben, unsere Gebeine lagen verscharrt, verrottet und zerfallen.

Wir steckten hier fest, in dieser angeblich aufgeklärten Welt. Was würden unsere Mütter sagen, wenn sie wüssten, dass wir niemals Ruhe finden würden? Die Regeln, die Jahrhunderte vor unserer Geburt geschaffen wurden, hatten uns verboten, hinüberzutreten, und jetzt waren wir gefangen, hier in diesem Haus, und der fremde Mann hier würde für den Schmerz bezahlen, der uns zugefügt worden war.

Wir ergriffen den Mann. Wir fühlten uns nicht mehr schwach, ausgeliefert. Wir gaben uns nicht mehr mit Arbeit zufrieden, darauf wartend, gesehen, erwählt zu werden. Wir schlossen unsere Hände um seinen Hals. Wir hörten Knochen brechen, als entbeinten wir ein Huhn. So würde es zu Ende gehen.

»Ich habe dich gefunden!«, rief das kleine Mädchen, während es atemlos die Treppe wieder erklomm, »du liegst im Keller! Bitte, tu meinem Papa nicht mehr weh!«

Wir ließen den blutenden Leib fallen. Körperbeben, als wollte das Innere nach außen, als wollte sich das zeigen, was verborgen unter Haut und Fleisch lag. Das Gehirn, das an die Schädeldecke prallte. Muskeln, die krampften. Töne aus dem Zwerchfell. Flüssigkeiten aus dem Magen.
Danach: Ruhe. Leere.
Wir erstarrten. *Sie* verschwand. *Ich* hatte mich auf dem Veloursteppich im Kinderzimmer erbrochen. Mein ganzer Körper brannte vor Schmerzen.
Mein Mann, meine Tochter und ich lebten noch.

Nachdem die Polizei gekommen und sie mitgenommen hatte, stellte sich heraus, dass sie seit ungefähr zwei Wochen tot war. Man hatte sie erwürgt. Nun wurde gegen den Hauseigentümer ermittelt, wegen Mordes an der jungen Frau. Nicht sehr wahrscheinlich, dass er Anzeige wegen Hausfriedensbruch gegen uns erstatten würde.
Ihre sterblichen Überreste, die meine Tochter im Keller entdeckt hatte, wurden an ihre Mutter überstellt, die mittlerweile wieder in Südkorea lebte.
Nachdem man sie zur Ruhe gelegt hatte, würde ihre Seele das Haus endlich verlassen können. In Korea, so las ich,

hatte der Konfuzianismus die Vorstellung etabliert, dass eine Frau, die unverheiratet und kinderlos stirbt, ihre Bestimmung nicht erfüllt hat und deswegen als »Jungfrauengeist« gefangen bleibt.

Wenn ich daran dachte, wie sie meinen Körper beherrscht hatte, spürte ich nicht nur ihre Wut, sondern auch ihre Traurigkeit, ihren Ehrgeiz, ihren kompromisslosen Überlebenswillen.

Im Krankenhaus kletterte meine Tochter auf meinen Schoß, ich legte beide Arme um sie. Mein Mann war immer noch bewusstlos, aber er würde es schaffen.

Ich betrachtete sie. Hatte ich meine Bestimmung gefunden, weil sie existierte?

TANIA BLIXEN

Der Affe

Die jungfräuliche Priorin im Kloster Seven besaß einen kleinen, grauen Affen, den ihr Vetter, der Admiral von Schrecken-
stein, ihr bei seiner Heimkehr von Sansibar mitgebracht hatte
und den sie über alle Maßen liebte. Wenn sie am Spieltisch
saß, einem Platz, wo sie zur Zeit die glücklichsten Stunden
ihres Lebens verbrachte, pflegte der Affe auf der Rückenlehne
ihres Sessels zu sitzen und mit glitzernden Augen der Wanderung der Spielkarten zu folgen, je nachdem wie die Karten
ausgegeben und Trümpfe eingeholt wurden.

Man konnte ihn bisweilen auch in den frühen Morgenstun-
den auf der Höhe der Sprossenleiter in der Bibliothek finden,
wo er sich damit unterhielt, hundertjährige Folianten heraus-
zuholen und die vergilbten Seiten, die von Strategie, fürstlichen Eheverträgen und Hexenprozessen handelten, um sich
her über den schwarz und weiß getäfelten Marmorestrich zu
verstreuen.

In anderen Kreisen würde man kaum Geduld mit den Lau-
nen des Affen gehabt haben, aber das Kloster Seven beher-
bergte zugleich mit seinen ehrwürdigen Bewohnerinnen auch
eine ganze Menagerie von Lieblingstieren und kannte gut die
Rangfolge in der einen wie in der anderen Welt.

Von Zeit zu Zeit, namentlich im Herbst, wenn die Nüsse in
den Feldhecken und in den großen Wäldern reiften, die das
Kloster umgaben, konnte es geschehen, dass der Affe der

Priorin den Ruf des freien Lebens vernahm und vierzehn Tage, vielleicht sogar einen ganzen Monat lang aus dem Kloster verschwand, um dann aus eigenem Antrieb wieder anzukommen, wenn die Nachtfröste sich einstellten.

Es war die allgemeine Ansicht oder ein immer wiederholter Scherz unter den Damen des Klosters, dass die Priorin in diesen Zeiten auffallend einsilbig war, an einer eigentümlichen Rastlosigkeit litt und sich ungern mit der praktischen Verwaltung der Klostergeschäfte abgab, die sie sonst mit großer Energie und Tüchtigkeit erledigte. Die Damen nannten unter sich den Affen den Geheimrat der Priorin und freuten sich, wenn er bei seiner Rückkehr in ihren Salons auftauchte, noch ein wenig verfroren von seinem Leben im Walde.

An einem schönen Oktobertag, während der Affe gerade wieder unterwegs war, erhielt das Kloster unerwarteten Besuch von dem Neffen und Patenkind der Priorin, der in der Königlichen Leibgarde Leutnant war.

Er war ein reizender junger Mann von zweiundzwanzig Jahren mit dunklem Haar und blauen Augen.

Er kam, wie gesagt, in fliegender Eile und unangemeldet, und die Klosterdamen, mit denen er einige Worte wechselte, während er darauf wartete, bei seiner Tante vorgelassen zu werden, und bei denen er sehr gut angeschrieben war, stellten fest, dass er sehr blass war, müde aussah und in heftiger Gemütsbewegung zu sein schien.

Diese klösterlich abgesonderten Frauen wussten daher genauso gut wie die Leute im Mittelpunkt der Geschehnisse, dass sich im letzten Monat finstere Wolken von seltsamer und verhängnisvoller Art über eben jenem Regiment und jenem Kreise zusammengeballt hatten, dem der junge Mann angehörte. Eine pietistische Clique in der Hauptstadt, vom Hofkaplan in eigener Person angeführt, der bei hochstehenden Persönlichkeiten ein geneigtes Ohr fand, hatte unter dem Vorwand moralischer Entrüstung einen Schrei der Anklage ausgestoßen gegen diese Blüte der Jugend des Landes, und niemand konnte voraussagen oder auch nur im geringsten ahnen, was daraus entstehen konnte.

Die Priorin empfing ihren Neffen in ihrem großen wunderhübschen Wohnzimmer. Eine Sekunde kam es ihm sogar so vor, als sei ein fremder, beunruhigender Geruch in der Stube, gemischt mit dem Duft von Königspulver, das heute stärker als gewöhnlich hier drinnen verbrannt worden war. Er konnte den Affen nicht hier erblicken, und doch musste er da sein und sein Wesen stärker als gewöhnlich dem roten Salon mitteilen.

Als er seiner Tante die Hand geküsst, sich nach ihrem Befinden erkundigt hatte, nach dem Affen gefragt und Grüße von seinen eigenen Angehörigen in der Hauptstadt ausgerichtet hatte, begann er unverzüglich, auf die Angelegenheit zu sprechen zu kommen, die ihn ins Kloster geführt hatte.

»Tante Cathinka«, sagte er, »ich habe Sie aufgesucht, weil Sie mir immer so viel Güte erwiesen haben, ich möchte gern –« hier musste er eine Schluckbewegung machen, um sein aufrührerisches Herz zu bezähmen, denn er wusste sehr gut selber, wie ungern es das gestatten wollte – »heiraten, und ich hoffe, Sie werden mir Ihren Rat und Beistand nicht versagen.«

Er kannte die Schwäche der alten Dame für kleine lateinische Zitate und hatte darüber nachgegrübelt, was er wohl aus ihrem Munde zu hören bekäme. Entweder ein: Et tu, Brute, oder ein ausgesprochenes: Discite justitiam et non temnere divos, dachte er. Vielleicht würde sie auch sagen: Ad sanitatem gradus est novisse mortem – und das wäre ein besseres Zeichen.

»Mon cher enfant«, sagte sie endlich mit einer Stimme, die zwar sanft war, aber durchaus fest klang, obwohl ein eigentümliches, leises Zittern darin lag, »es war lange mein Herzenswunsch, dass du zu diesem Entschluss kämest. Sofern eine alte Frau, die ganz außerhalb der Welt lebt, dir irgendwelche Hilfe angedeihen lassen kann, mein lieber Boris, so kannst du getrost darauf zählen.«

Boris blickte mit lächelndem Auge in dem blassen Gesicht auf. Sie würde ihm helfen, das begriff er.

»Und wer, Boris«, sagte sie mit einem plötzlichen Gedankensprung und einer majestätischen, freundlichen Entschlossenheit, »wer, da wir nun schon davon sprechen, könnte in Wirklichkeit besser zu dir passen als deine und meine liebe Freundin, die kleine Athene Hopballehus?« Kein Name hätte Boris in dieser Verbindung unerwarteter kommen können. Er hatte nie gehört, dass jemand Athene klein nannte, sie war in Wirklichkeit einen halben Zoll größer als er. Aber das Sonderbarste war, dass die Priorin sie als eine liebe Freundin bezeichnete, und da musste sie ernstlich ihre Meinung geändert haben. Denn eins war sicher, seit des Nachbarn Tochter erwachsen war, hatten seine Tante und seine Mutter, die sonst nur selten in irgendeinem Punkt übereinstimmten, mit vereinten Kräften ihn und Athene voneinander fernzuhalten gesucht.

Bei diesem unerklärlichen Umschwung seitens der alten Dame musste er an die Wirkung denken, die dieser auf seine eigene Zukunft haben könnte, und ihm wurde im selben Augenblick klar, dass der Vorschlag ihm keineswegs missfiel.

»Ich verlasse mich in jeder Beziehung auf Ihr Urteil, Tante Cathinka«, sagte er.

»Aber, Tante Cathinka«, sagte Boris, als er aufstand, um zu gehen, »glauben Sie denn auch, dass Athene mich haben will?«

»Athene«, sagte die Priorin, »hat nie in ihrem Leben einen Heiratsantrag bekommen. Es ist zu bezweifeln, ob sie im Laufe der letzten Jahre einen anderen Mann gesehen hat als Pastor Rosenquist, der ihren Papa besucht und mit ihm Schach spielt. Wenn Athene dich nicht nehmen will, mein Boris«, fügte sie mit einem schelmischen Lächeln hinzu, »dann möchte ich.«

Er blickte seiner Tante in das feine Gesicht.

»Nein«, dachte er, »das geht niemals gut.«

Der Weg vom Kloster Seven nach Hopballehus steigt im Lauf einer Meile um fünfhundert Fuß an und windet sich durch hohen Kiefernwald.

Boris stieg vor der riesigen steinernen Treppe aus dem Wagen. In diesem Augenblick wurden die schweren Flügeltüren oberhalb der Treppe aufgestoßen, und der alte Graf erschien auf der Schwelle.

»Boris!«, rief er, »willkommen! Und heute doppelt willkommen.«

»Wie kommt es, dass du heute hier bist?«, fragte [der Graf] Boris.

»Ich kam heute her«, sagte er, »um Athenes Hand zu erbitten.«

Der alte Mann warf ihm einen langen, leuchtenden Blick zu. »Um Athenes Hand zu erbitten«, rief er aus, »bist du gekommen?« Er stand einen Augenblick schweigend da, tief bewegt. »Gottes Wege sind in Wahrheit wunderbar«, sagte er.

»Athene und ich haben so viele Abende hier zusammen mit unserem guten Freund, dem Pastor, verlebt. So mag denn dieser Abend der letzte in der Reihe sein. Ich möchte selbst mit ihr reden. Und du, mein lieber Sohn, kannst morgen Vormittag wieder nach Hopballehus kommen und dir ihre Antwort holen.« Boris fand diese Regelung ausgezeichnet.

Während der Graf sprach, kam seine Tochter herein, noch in ihrem großen Kutschermantel.

Athene war ein kräftiges junges Weib von achtzehn Jahren, sechs Fuß hoch und entsprechend breit, mit einem Paar Schultern, die eine Tonne Weizen heben und tragen konnten. Um die vierzig würde sie riesig sein, aber noch war sie zu jung, um fett zu werden, und so kerzengerade wie eine Lärche. Ihre edle Stirn unter dem roten Haar war weiß wie Milch, aber der Rest ihres Gesichts war ebenso wie die breiten Handgelenke von Sommersprossen bedeckt. Nichtsdestoweniger hatte sie eine so reine und klare Haut, dass sie, als sie eintrat, die Halle geradezu erhellte, mit einem Licht wie in einer Stube, wenn draußen Schnee liegt.

Kurz darauf bat Boris um seinen Wagen und empfahl sich.

Der Mond im Raum über ihm hinter den dünnen, dahinwirbelnden Wolken schien zu rasen. Die Luft war eiskalt. Jetzt kommt der Nachtfrost, dachte er. Während der Wagen weiterrollte, glänzten die Lichter im Tal unter ihm auf. Sie tauchten zwischen den Bäumen auf, als ob sie mit ihm spielten, sahen ihm in die Augen und versteckten sich wieder. Eine Gruppe von Lichtern kam zum Vorschein wie ein irdisches Spiegelbild des Siebengestirns. Es waren die Lichter vom Kloster.

Und mit einem Mal wollte es ihm so scheinen, als sei irgendwo etwas im Anzuge, etwas Verkehrtes, etwas Grundfalsches. Rätselhafte Mächte gingen heute Nacht draußen um. Dies Gefühl ergriff ihn so plötzlich und so übermächtig, dass ihm war, als sei ihm eine eiskalte Hand über den Scheitel gefahren. Die Haare sträubten sich ihm auf dem Kopfe. Ein paar Minuten lang war er wirklich ernstlich von Schrecken geschüttelt. In dieser sonderbar aufgeregten Nacht, wo die toten Dinge um ihn her lebten, kam er sich selber, kamen ihm sein Wagen und seine braunen Schecken unheimlich klein vor und großen Gefahren ausgesetzt.

Als er in die lange Allee einbog, die zum Kloster hinführte, blinkten seine Wagenlaternen plötzlich in einem Augenpaar auf. Ein winzig kleiner Schatten lief quer über den Weg und verschwand in den noch schwärzeren Schatten von dem Wäldchen der Priorin. Bei seiner Ankunft im Hause hörte er, die Priorin sei zur Ruhe gegangen. Um morgen voll bei Kräften zu sein, dachte er.

Die Tante und der Neffe nahmen ihren Morgenkaffee gemeinsam in behaglicher Harmonie ein, während sie hier und da einen Blick auf ihre eigenen, in der silbernen Kaffeemaschine der Priorin komisch verzerrten Züge warfen.

Boris hatte der alten Dame über die Ereignisse auf Hopballehus berichtet, und sie hatte mit großer Freude und tiefer Rührung seinem Bericht gelauscht.

Während sie in dieser Weise mit lichten Zukunftsmöglichkeiten Federball spielten, hatte der alte Johan ihnen zwei Briefe gebracht, die beide gleichzeitig angekommen waren, obwohl der eine, der an die Priorin gerichtet war, mit der Post geschickt und der andere, an Boris, durch einen reitenden Boten aus Hopballehus abgegeben worden war.

Als Boris ein paar Zeilen seines Briefes gelesen hatte, blickte er auf und fand die alte Dame mit einem kleinen, harten und feinen Lächeln um die Lippen in das Lesen ihres eigenen Briefes vertieft. Sie wird schwerlich noch sehr lange so erfreut lächeln, dachte er.

Der Brief des alten Grafen lautete folgendermaßen:

»Ich schreibe an Dich, lieber Boris, da Athene sich weigert, es zu tun.

Ich muss Dir mitteilen, dass meine Tochter Deinen Heiratsantrag abgelehnt hat, von dem ich gestern Abend meinte, es sei die Krönung der Wohltaten, die die Vorsehung meinem Haus hat zuteilwerden lassen.

Sie hegt keinen besonderen Unwillen gegen die Verbindung, aber sie erklärt, sie wolle nie heiraten, und es sei ihr ganz unmöglich, diese Frage auch nur in Erwägung zu ziehen. In gewissem Sinne ist es nur gerecht, dass ich es bin, der diesen Brief an Dich schreibt. Denn ich bin schuld an diesem unserem Unglück, die Verantwortung liegt bei mir.

Sie ist mir Sohn wie auch Tochter gewesen, und in Gedanken habe ich sie die alten Rüstungen hier auf Hopballehus tragen sehen. Zu spät ist es mir nun aufgegangen, dass sie sie angelegt hat nicht als der junge Drachentöter St. Georg, sondern als Asrael, der Todesengel. Sie hat sich darin eingeschlossen und wird, solange sie lebt, ihre Rüstung nie wieder ablegen.«

Boris reichte der Priorin den Brief hinüber, ohne ein Wort zu sagen, aber während sie ihn las, beobachtete er sie, das Kinn in seine Hand gestützt. Sie erblasste so heftig, dass er meinte, sie werde gleich ohnmächtig oder falle tot um, und zugleich sprangen glühend rote Streifen hervor, so als habe jemand ihr mit einer Peitsche ins Gesicht geschlagen.

»So so!«, fauchte sie mit heiserer, kaum hörbarer Stimme,

»das also schreibt der Poet an dich.« Sie schnappte nach Luft, hob die rechte Hand und schlug mit einem bebenden Finger in die Luft hinaus. »Sie will dich also nicht heiraten«, rief sie aus.

»Sie will gar nicht heiraten, Tante«, sagte Boris, um sie zu beruhigen.

»So, das will sie nicht? Gar nicht?«, zischte die alte Dame. Sie richtete ihre schillernden Augen auf ihn, holte den Brief, den sie mit der Post erhalten hatte, halb aus ihrer seidenen Tasche hervor und steckte ihn wieder hinein.

»Sie will nichts haben«, sagte sie langsam, »und du willst nichts geben. Mir will es in aller Bescheidenheit so scheinen, als passtet ihr beiden gut zusammen. Du, Boris, kehrst also denselben Weg, den du gestern gekommen bist, an den Hof zurück.«

Boris war es höchst unheimlich zumute, und er wünschte, das Gespräch könnte zu einem Ende kommen. Er erkannte sehr wohl, dass sie nicht übel Lust hatte, ihn zu quälen. Solange sie selbst glücklich war, hatte sie glückliche Menschen um sich sehen wollen. Jetzt, da sie litt, musste sie sich mit dem gleichen Stoff umgeben, der sie selbst erfüllte, damit der leere Raum, von dem sie gesprochen hatte, sie nicht sprengte.

Die Priorin machte am Fenster kehrt und kam auf ihn zu.

»Lieber Boris«, sagte sie, »Athene hat ein Herz im Leibe. Sie ist es dem Gespielen ihrer Kindheit schuldig, ihn zu sehen und ihm Gelegenheit zu geben, dass er in seiner Sache gehört werde, und ihn einer mündlichen Antwort zu würdigen. An dies alles möchte ich sie erinnern und meinen Brief mit ihrem eigenen Boten zurückschicken. Eine Hopballehus kennt die Stimme der Pflicht. Sie kommt.«

»Wohin kommt sie?«, fragte Boris.

»Hierher«, sagte die Priorin.

»Wann?«, fragte Boris und sah sich um.

»Heute Abend. Sie isst mit uns zu Abend«, sagte seine Tante. Sie lächelte, ein kleines, süßes Lächeln, fast wie ein Galgenstrick, und dennoch war es, als würde ihr Mund immer kleiner, so dass er zuletzt einer überaus feinen kleinen Rosenknospe glich.

»Athene«, sagte sie, »darf morgen das Kloster Seven nicht verlassen, ohne ..«, sie stockte, schaute nach rechts und links und begegnete darauf seinem Blick, »uns zu gehören«, hauchte sie mit einem Lächeln. Boris starrte sie an. Ihr Antlitz war frisch wie das eines jungen Mädchens.

»Mein Kind, mein liebes Kind«, rief sie in einem jähen Ausbruch tiefer und sanfter Zärtlichkeit aus, »nichts, nicht das Geringste darf deinem Glück im Wege stehen.«

Dies große Verführungssouper, das in dem Leben der drei Teilnehmer eine Zeitenwende bedeuten sollte, wurde im Speisezimmer der Priorin angerichtet. Der alte Johan schenkte großzügig die Gläser voll, und ehe sie noch zum Marzipan und den kandierten Früchten gekommen, waren alle drei Teilnehmer dieser stilvollen und stillen Festmahlzeit, die sich aus einer alten und einer jungen Jungfer und einem verschmähten Liebhaber zusammensetzte, mehr als leicht berauscht.

Athene hatte einen kleinen Rausch im üblichen Sinne des Wortes. Sie hatte in ihrem Leben nur selten Wein getrunken und nie zuvor Champagner zu kosten bekommen, und nach der Menge, die die gastliche Hausfrau in sie hineinschüttete, hätte sie eigentlich nicht mehr auf den Beinen stehen können.

Die Priorin schließlich war berauscht von einem geheimen Vergnügen, das den Gästen an ihrer festlichen Tafel ein dunkles Rätsel bleiben musste, das aber in der Finsternis schillerte. »Du kannst dich wirklich freuen, Kindchen«, sagte sie zu Athene. »Vor dir liegt das ganze Dasein wie eine Braut.«

»Ich möchte gern reisen«, sagte Athene, »nach Indien, wo der König von Ava jetzt mit dem englischen General Amhurst im Kriege liegt. Pastor Rosenquist hat mir erzählt, er habe in seinem Heer Tiger, die darauf dressiert sind, gegen den Feind zu kämpfen.« In ihrer heftigen Gemütsbewegung kippte sie ihr Glas um, es ging entzwei, und der Wein Floss über das Tischtuch.

»Ich«, sagte Boris, der ungern von Pastor Rosenquist sprechen wollte, in dem er einen Widersacher witterte – hüte dich, sagte irgendetwas in ihm, vor den Leuten, die nie in ihrem Leben an einer Orgie teilgenommen oder eine Entbindung durchgemacht haben, das sind gefährliche Leute –, »möchte gern auf einer einsamen Insel leben, weit weg von anderen Menschen. Es gibt nichts, wonach man ein solches Verlangen haben kann wie nach dem Meer.«

»Mit dem Schiff fahren«, rief die Priorin aus, »aufs Meer hinaussegeln! Nein, nie im Leben, um keinen Preis.« Ein entsetzlicher Unwille trieb ihr das Blut zu Kopfe, sie wurde ganz rot, und ihre Augen schillerten.

Ein Pudding mit eingemachten Pflaumen wurde gereicht, und mit zierlieber Naschhaftigkeit suchte sich die Priorin ein paar Gewürznelken heraus und führte sie zum Munde.

»Woher bekommt man sie, gnädigste Tante?«, fragte Athene.

»Von Sansibar«, sagte die Priorin. Eine sanfte Melancholie senkte sich auf sie, während sie in tiefen Gedanken dasaß und an ihren Gewürznelken zupfte.

Unterdessen betrachtete Boris Athene und ließ sich von einer phantastischen Vorstellung gefangen nehmen. Sie musste, dachte er, ein entzückendes, ein außerordentlich schönes Knochengerüst haben. Sie würde in der Erde liegen wie eine unvergleichliche Klöppelspitze, ein Kunstwerk aus Elfenbein, und vielleicht nach tausend Jahren ausgegraben werden und alten Archäologen den Kopf verdrehen. Jeder Knöchel war an seinem Platz, ebenso wie in den fein geschwungenen Linien einer Violine. Weniger frivol als der traditionelle alte Wüstling, der in Gedanken die Damen auskleidet, mit denen er soupiert, befreite Boris das Mädchen zugleich mit den Kleidern von der frischen und kräftigen Haut und dem Fleisch und stellte sich vor, dass er ganz glücklich mit ihr werden, ja sich in sie verlieben könnte, wenn es ihm verstattet wäre, sie als schönes Skelett allein zu bekommen. Viele menschliche Beziehungen, dachte er, wären unendlich viel leichter, könnte man sie in den bloßen Knochen pflegen.

Athene blickte sich im Zimmer um. »Nun glaube ich«, sagte sie, »dass ich mit Erlaubnis meiner gnädigen Tante ins Bett gehen möchte. Ich bin müde.«

»Was sagst du?«, sagte die Priorin. »Du darfst uns doch wirklich nicht jetzt schon deiner wertvollen Gegenwart berauben, meine kleine Muskatblüte. Ich alte Frau hatte eben daran gedacht, mich jetzt zurückzuziehen, fand aber, ihr beiden Kindergespielen könntet euch hier noch ein halbes Stündchen miteinander unterhalten. Das hast du Boris ja auch versprochen, dem lieben Jungen.«

»Ja, aber das muss bis morgen warten«, sagte Athene, »denn ich glaube, ich habe ein wenig zu viel von dem guten Wein getrunken. Sehen Sie nur selber, meine Hand zittert, wenn ich sie auf den Tisch lege.«

Das junge Mädchen sagte der Priorin sehr lieb gute Nacht, machte einen Knicks vor ihr und war weg.

Die Priorin wandte sich in fürchterlicher Erregung an ihren Neffen. »Du darfst sie nicht von dir gehen lassen«, sagte sie, »eile ihr nach. Halte sie fest, verliere keine Zeit.«

»Wir müssen sie lieber in Frieden lassen«, sagte Boris, »sie hat ja die Wahrheit gesagt. Sie will mich nicht haben.«

Bei einer solchen offenkundigen Meuterei seitens der beiden jungen Menschen, deren Glück zu machen sie beschlossen hatte, blieb der Priorin die Sprache weg.

Dann kramte sie in ihrer Kleidtasche, holte den Brief heraus, den sie am Morgen erhalten hatte, und reichte ihm diesen.

Dieser Brief war der letzte, tödliche Hieb mitten auf den Kopf des jungen Mannes. Er war von der Freundin der Priorin geschrieben, die erste Hofdame bei der Königinwitwe war. Mit tiefem Bedauern teilte sie hiermit seiner Tante die letzten Neuigkeiten aus der Hauptstadt mit. Sein Name sei an die Öffentlichkeit gezogen worden, er sei sogar von dem Hofprediger als einer der Verderber der Jugend in der großen Sache, die im Augenblick sie alle beschäftigte, besonders angeprangert worden. Es war klar, er stand am Rand eines Abgrunds und musste hineinstürzen und verschwinden, es sei denn, er könnte diese Ehe durchsetzen.

»Tante Cathinka«, sagte Boris, »Sie wissen es vielleicht nicht, aber der Willenskraft eines Mannes sind Grenzen gesetzt.«

Die alte Dame starrte ihn unverwandt an. Sie streckte ihre kleine, dürre, schmächtige Hand aus und berührte ihn. Ihr Gesicht verzog sich zu einer kleinen, schiefen Grimasse. Dann drehte sie sich auf dem Absatz um und holte vom anderen Ende des Zimmers eine Karaffe und ein kleines Glas. Sehr vorsichtig füllte sie das Glas, reichte es ihm und nickte zwei-, dreimal. Aus reinster Verzweiflung trank er es aus.

Der Inhalt des Glases war eine Flüssigkeit von der Farbe uralten, dunklen Bernsteins. Sie hatte einen scharfen und bitteren Geschmack. Scharf und bitter war auch der Blick in den alten, dunkelfarbigen Frauenaugen, die dem seinen über den Rand des Glases begegneten. Während er trank, stand sie da und lächelte. Dann sprach sie. Boris entsann sich seltsamerweise späterhin dieser Worte, die er nicht verstand. »Hilf ihm nun, guter Farn«, sagte sie.

Eine Sekunde oder zwei nachdem er gegangen war, schloss sie ganz leise die Tür hinter ihm.

Boris ging durch den langen, breiten Korridor, der zu Athenes Zimmer führte. Er drehte den Türgriff um und trat ein. Das vornehmste Gästezimmer der Priorin war ein geräumiges Eckzimmer mit Fenstern nach zwei Seiten. Vor diese waren jetzt die Vorhänge vorgezogen. Das ganze Zimmer war mit rosa Seide ausgeschlagen, und ganz im Innern glühte der hellrote Vorhang des Himmelbetts. Das Blut stieg ihm zu Kopf und presste ihm die Brust zusammen. Betäubt fragte er sich, ob dies wohl eine Wirkung von der Priorin Liebestrank sei?

Athena stand mitten im Zimmer, sie hatte ihr Kleid ausgezogen und war im Hemd und weißen Rüschenhosen und sah in diesem Anzug aus wie ein kräftiger Matrosenjunge, der eben das Deck spülen will. Als er eintrat, wandte sie sich um und starrte ihn an.

Bis zu diesem Augenblick hatte Boris gefürchtet, er werde alles zerstören, weil er sich des Lachens nicht würde erwehren können. Seine Lachlust hatte ihm früher in zärtlichen oder schwierigen Situationen die Kraft genommen. Aber hier war keine Gefahr mehr dafür. Er war im selben Augenblick, als er über die Schwelle trat, ebenso ernst wie das Mädchen selbst. Ehe er sich dessen noch bewusst war, hatte er sie um das Handgelenk gepackt und sie an sich gezogen. Ihrer beider Atem begegnete sich und mischte sich. Beide entblößten die Zähne zu etwas Ähnlichem wie einem Lächeln, das sowohl ein Flehen war als auch eine Herausforderung.

»Athene«, sagte er, »ich habe dich mein ganzes Leben lang geliebt. Neige dich doch nieder zu mir und wirf mich in die Tiefe zurück. Hab Erbarmen mit mir.«

Einen Augenblick starrte das helläugige Mädchen ihn verwirrt an, dann schoss sie zu ihrer vollen Höhe empor, wie eine Schlange, wenn sie sich zum Stoß anschickt. Dass sie nicht nach Hilfe zu schreien versuchte, bewies ihm, dass sie ihre Situation hier im Haus ohne Freund erfasst hatte, klarer, als er es ihr zugetraut hätte, oder auch, dass ihre breite junge Brust ein gut Teil reinster Kampfeslust barg. Im nächsten Augenblick schlug sie zu, wie ein Schmied mit seinem Hammer. Ihre blitzschnelle, harte, starke Faust traf ihn am Mund und schlug ihm zwei Zähne aus. Der Schmerz und der Geruch und Geschmack von Blut, das seinen Mund füllte, bewirkten, dass er vor Wut außer sich geriet. Er ließ sie los, um besser zupacken zu können, und eine Sekunde später hielten sie sich in einer Umarmung auf Leben und Tod umschlungen.

Im selben Augenblick fühlte Boris, wie sein Herz in der Brust emporflog, gleich einem Vogel, der sich nach oben in einen Baum schwingt und hier ein Lied anstimmt. Etwas Glücklicheres hätte ihm gar nicht widerfahren können. Er hatte nicht gewusst, wie dieser Konflikt zwischen ihnen zu lösen wäre, aber sie hatte es gewusst. Sein bisheriges Dasein hatte ihm nur sehr wenig Gelegenheit zu reinem Zorn gegeben, jetzt gab er sich ohne Vorbehalt dem Rausch der Raserei hin.

Er hätte niemals mit einem jungen Mann so kämpfen können, wie er mit diesem jungen Weibe hier kämpfte. Sie taumelten ein paarmal vor und zurück, und eine von den Lampen kippte um, fiel zu Boden und erlosch. Sie atmeten schwer. Ihr Atemhauch auf seinem Gesicht war frisch und aromatisch wie der Duft eines Apfels. Sein eigener Mund lief dauernd voller Blut.

Das junge Mädchen hatte keine weibliche Neigung zum Beißen und Kratzen. Sie verließ sich wie eine junge Bärin auf ihre Stärke, und an Gewicht war sie ihm etwas über. Mit einer plötzlichen Bewegung fasste sie mit den Händen um seine Kehle. Nach Luft ringend, den Mund voll Blut, sah er das ganze Zimmer von der einen Seite zur anderen schaukeln. Rote und schwarze Flecken schwammen vor ihm her. Da griff er nach dem Sieg eines letzten Augenblicks. Mit der Hand um ihr Genick drückte er ihren Kopf nach vorn und presste seinen Mund auf den ihren. Ihre Zähne scheuerten gegen seine Zähne.

Auf der Stelle spürte er durch seinen ganzen Leib, der von den Knien bis zu den Lippen an dem ihren klebte, die entsetzliche Wirkung, die sein Kuss auf das Mädchen hatte. Sie konnte ihr Lebtag nicht geküsst worden sein, ja, sie konnte nicht einmal von Küssen gehört oder gelesen haben. Dieser Kuss, der mit Gewalt genommen wurde und ihr gänzlich unerwartet kam, erfüllte ihr ganzes Wesen mit einem Abscheu bis zum Sterben. Das Blut wich aus ihren Wangen, so als habe er einen Degen quer durch sie hindurchgejagt. Sie erstarrte in seinen Armen wie eine Blindschleiche, die man berührt. So schien alle Kraft und Gelenkigkeit, gegen die er gekämpft hatte, zurückzuweichen wie eine Woge vor einer Badenden. Er sah, wie ihr Blick sich trübte und ihr Gesicht, ganz dicht an dem seinen, farblos wurde wie das Gesicht eines Leichnams. Sie fiel so plötzlich, dass er mit hinuntermusste, wie eine Ertrinkende, die an einem schweren Stein befestigt ist. Sein Gesicht schlug auf das ihre auf. Er erhob sich auf die Knie und dachte, sie sei tot. Als er sah, dass es nicht der Fall war, besann er sich einen Augenblick. Dann hob er sie mühsam hoch und legte sie aufs Bett. Er stand eine Weile da und betrachtete sie, selbst fast ebenso regungslos. Er wusste nicht, dass sein eigenes Gesicht den gleichen Ausdruck hatte wie das ihre.

Die Wirkungen des Weines waren verflogen. Ebenfalls die Wirkung von dem Liebestrank der Priorin, der vielleicht nur für eine einmalige Kraftanstrengung berechnet war. Er wischte sich seinen blutenden Mund und verließ das Gemach.

Glücklich in seinem eigenen Zimmer und im Bett, musste er über die Frage nachdenken, inwieweit das Mädchen nunmehr, wenn sie erwachte, über ihre verlorene Unschuld jammern würde. Er lachte im Dunkeln ein wenig, und es wollte ihm so scheinen, als ob ein dünnes, gellendes Gelächter, einem siedenden Dampfstrahl aus einem Kessel verwandt, wie ein Echo seines eigenen Lachens irgendwo in dem großen Haus in der Dunkelheit auftönte.

Früh am nächsten Tage ließ die Priorin Boris holen. Er wurde unruhig, als er sie sah, denn sie schien ganz stark eingeschrumpft zu sein. Sie füllte weder ihre Kleider noch ihren Lehnsessel aus, und er hätte gar zu gern gewusst, welcher Art die nächtlichen Stunden waren, die in ihrem einsamen Bett über sie hinweggegangen waren und ihr so alle Kräfte herausgepresst hatten. Aber sie schien glänzender Stimmung zu sein und froh, ihn bei sich zu sehen, beinahe so, als habe sie gefürchtet, er wäre weggelaufen.

Sie forderte ihn auf, sich zu setzen. »Ich habe auch Athene holen lassen«, sagte sie.

Sie trug denselben großen, dunkelgrauen Mantel, in dem er sie auf Hopballehus gesehen hatte, und schien auf dem besten Wege zu dem äußersten Skelettzustande zu sein, in dem er sie sich in der vergangenen Nacht vorgestellt hatte. Sie trug jetzt wahrhaftig einen Totenkopf auf ihren starken Schultern, ihre Augen lagen, an sich erloschen, in schwarzen Höhlen.

Die Priorin sah die beiden jungen Menschen an, blickte vom einen zum anderen und wandte sich alsdann an das Mädchen.

»Ich bin«, sagte sie mit harter, schleppender Stimme, »von Boris darüber unterrichtet worden, was heute Nacht hier vor sich gegangen ist. Ich entschuldige ihn nicht, es ist eine abscheuliche Tat, ein unschuldiges Mädchen zu verführen. Aber ich weiß, dass er gereizt worden ist, und ebenso, dass eine aufrichtige Reue seine Verfehlung verringert. Aber du, Athene, bei deiner Herkunft und mit deiner Erziehung, was hast du getan? Du musst doch deine eigene Natur gekannt haben, du hättest niemals herkommen dürfen.«

»Nein, gnädige Tante«, sagte Athene und sah der alten Dame starr in die Augen, »das hat nichts damit zu tun. Ich kam, weil Sie mir sagten, es sei meine Pflicht. Jetzt gehe ich wieder fort, und wenn Sie lieber nicht an mich denken mögen, so brauchen Sie es ja nur zu lassen.«

»O nein, keineswegs«, sagte die Priorin, »so kannst du nicht von hier fortgehen. Ich bin entsetzt darüber, was heute hier unter dem Dach des Klosters Seven geschehen ist. Du kennst mich schlecht, wenn du meinst, ich werde nicht dafür sorgen, dass es wiedergutgemacht wird.«

Athene sah zuerst aus, als wollte sie dies so behandeln, wie es das verdiente, und gar nicht antworten. Dann fragte sie: »Wie soll es gesühnt werden?«

»Wir haben Veranlassung, dankbar zu sein«, sagte die Priorin, »dass Boris, wie schuldig er auch sein mag, doch Pflichtgefühl hat. Er will dich heiraten, sogar jetzt noch.« Mit diesen Worten warf sie ihrem Neffen einen kleinen, harten und schillernden Blick zu, der auf ihn wirkte, als habe sie ihn angerührt.

»Ich will ihn nicht heiraten«, sagte Athene.

Die Priorin bekam jetzt einen feuerroten Kopf. »Was soll das heißen?«, fragte sie mit schriller Stimme. »Du weist einen ehrenvollen Antrag zurück, mit dem dein Vater einverstanden ist, und empfängst den verschmähten Liebhaber im Dunkel der Nacht?«

»Ich finde, es macht keinen Unterschied«, sagte Athene, »ob etwas am Tage oder nachts geschieht.«

»Und wenn du nun ein Kind bekommst?«, schrie die Priorin.

»Was sagen Sie?«, rief Athene aus.

»Und was ist dann mit der Ehre deines Hauses?«

Bei diesen Worten wurde Athene blutrot über das ganze Gesicht, es flammte dunkler als ihr flammendes Haar. Sie tat einen Schritt auf die alte Dame zu.

»Nun«, sagte sie endlich, »fahre ich nach Hause nach Hopballehus und spreche mit meinem Vater. Ich werde ihn über alle diese Dinge um Rat fragen.«

»Nein«, sagte die Priorin von neuem, »das würde nicht recht sein. Wenn du deinem Vater erzählst, was du getan hast, brichst du ihm das Herz. Das kann ich unmöglich zugeben. Und wenn du jetzt von hier fortgehst, wer kann dann wissen, ob Boris immer noch gewillt ist, dich zu heiraten, wenn ihr euch wiederseht? Nein, Athene, du musst Boris heiraten, und du darfst deinem Vater niemals etwas von dem sagen, was geschehen ist. Diese beiden Dinge musst du mir versprechen. Dann kannst du gehen.«

»Gut«, sagte Athene, »ich werde Papa nie etwas sagen. – Und was Boris anbetrifft, so verspreche ich Ihnen, dass ich ihn heirate. Aber, meine gnädige Tante, wenn wir verheiratet sind, dann werde ich ihn töten, sobald ich überhaupt nur kann. Ich war heute Nacht nicht weit davon entfernt, das kann er Ihnen erzählen, wenn er will. Diese drei Dinge verspreche ich Ihnen. Und nun möchte ich gehen.«

Nach Athenes Worten entstand eine sehr lange Pause.

In diese Stille hinein hörte man ein hartes und scharfes Geräusch. Es wurde an die Fensterscheiben geklopft. Boris erinnerte sich jetzt, dass er schon vorher während der Unterredung dieses Geräusch gehört hatte, ohne dessen zu achten. Jetzt wurde drei-, viermal hintereinander geklopft. Erst jetzt wurde es ihm so richtig klar, als er sah, was für einen furchtbaren Eindruck dies Geräusch auf seine Tante machte. Sie schaute verstohlen zum Fenster und wurde leichenfahl. Sie bekam Zuckungen an Armen und Beinen. Ihre Augen liefen an den Wänden und Türen auf und nieder wie eine Ratte, die sieht, dass sie eingesperrt ist, und nach einem Schlupfloch sucht. Boris wandte sich zum Fenster, um herauszubekommen, was sie eigentlich so entsetzte, er hatte nicht geglaubt, dass es irgendetwas auf der Welt gäbe, was dazu imstande wäre. Auf dem ausgehauenen Fenstersims draußen saß der Affe und kauerte sich zusammen, das Gesicht an der Scheibe. Boris stand auf, um ihn einzulassen. »Nein, nein«, kreischte die alte Dame in krampfhaftem Entsetzen. Es klopfte wieder,

der Affe hatte offenbar etwas in der Hand, mit dem er gegen die Scheibe schlug. Die Priorin erhob sich von dem Sessel, sie wankte, als sie aufstand, schien aber, sobald sie auf den Beinen war, durchaus gesund, zur Flucht bereit.

Aber im nächsten Augenblick fiel das Fensterglas klirrend zu Boden, und der Affe hüpfte herein.

In derselben Sekunde, ohne sich umzuschauen, so als handele es sich darum, den Flammen eines sich heranwälzenden Feuers zu entfliehen, hatte die Priorin mit beiden Händen ihre Röcke vor sich zusammengerafft und rannte los und warf sich gegen die Tür. Da diese verschlossen war, nahm sie sich keine Zeit, sie zu öffnen. Mit der überraschendsten, erstaunlichsten Leichtigkeit und Schnelligkeit klomm sie am Türpfosten hoch und saß nun zusammengekauert auf dem geschnitzten Karnies, von wo aus sie, vor entsetzlicher Wut bebend, nach denen unten im Zimmer die Zähne fletschte. Aber der Affe war hinter ihr her. Genauso schnell wie sie kletterte er am Türrahmen in die Höhe und streckte schon die Hand aus, um sie zu packen, als sie sich behände auf der entgegengesetzten Seite nach unten gleiten ließ. Fortgesetzt das Kleid mit beiden Händen hocherhoben und tief vornübergeneigt, so als wolle sie sich auf alle vier niederwerfen, flüchtete sie wild, gleichsam wie geblendet vor Furcht, an der Wand entlang. Aber ständig flitzte der Affe hinter ihr her, und er war schneller als sie. Er sprang an ihr hoch, griff in ihr Spitzenhäubchen und riss es ihr vom Kopf. Das Gesicht, das sie den beiden jungen Menschen zukehrte, war schon verwandelt, eingeschrumpft und runzelig und von einer seltsam dunkelbraunen Färbung. Es entstand ein kurzer, wilder Kampf. Boris war auf dem Sprunge, sich dazwischenzuwerfen, um seine Tante zu retten, aber schon in der nächsten Sekunde, mitten in dem roten Wohnzimmer, vor den Augen des alten, gepuderten Generals und seiner Frau Gemahlin, am helllichten Tag und vor ihren Augen, trat eine Häutung ein, eine große Metamorphose. Die alte Dame, mit der sie soeben gesprochen hatten, wurde zuckend und schnaufend zu Boden geworfen, zerschmettert und verwandelt. Wo sie gelegen hatte, saß jetzt ein Affe und kauerte sich winselnd zusammen, gründlich überwunden und bezwungen, während er nach einem Winkel suchte, in dem er sich verkriechen konnte. Und wo der Affe umhergehüpft war, dort erhob sich, ein wenig atemlos von ihren Anstrengungen und mit stark geröteten Wangen, die wirkliche Priorin des Klosters Seven.

Der Affe kroch so weit wie möglich von den Fenstern fort: Dort im Schatten fuhr er noch lange Zeit mit seinen Zuckungen und seinem Winseln fort. Dann schüttelte er alle Widerwärtigkeit ab, setzte in einem leichten und anmutigen Sprung auf einen Piedestal, der die Marmorbüste des Philosophen Immanuel Kant trug, und beobachtete von hier aus mit glitzernden Augen die drei Menschen im Zimmer.

Die Priorin nahm das Tuch von den Augen und ließ sich mit einem weichen Schwung, der gleichsam alles beiseitefegte, in ihrem großen Lehnsessel nieder.

»Discite justitiam et non temnere divos«, sagte sie.

SELMA LAGERLÖF
Herrn Arnes Schatz

Zur Zeit, als König Friedrich II. von Dänemark Bohuslän regierte, wohnte in Marstrand ein armer Fischkrämer, der Torarin hieß. Er war ein schwacher und geringer Mann, sein einer Arm war lahm, so dass er weder zur Fischerei noch zum Rudern taugte. Er konnte seinen Unterhalt nicht auf der See verdienen wie die anderen Inselbewohner, sondern er zog umher und verkaufte eingesalzene und getrocknete Fische an die Leute auf dem Festlande. Er war nicht viele Tage des Jahres daheim, er zog immer von Dorf zu Dorf mit seinem Fischwagen.

An einem Februartage, als die Dämmerung hereinbrach, kam Torarin den Weg gefahren, der von Kunghäll nach dem Kirchspiel Solberga führte. Es war ganz einsam und menschenleer auf dem Wege, aber Torarin brauchte sich darum nicht Schweigen aufzuerlegen. Er hatte neben sich auf der Fuhre einen verlässlichen Freund, mit dem er Zwiesprache pflegen konnte. Das war ein kleiner schwarzer Hund mit buschigem Fell, den Torarin Grim nannte. Er lag meistenteils still da, den Kopf zwischen die Beine geklemmt, und blinzelte nur zu allem, was sein Herr sagte. Aber wenn er etwas zu hören bekam, was ihm nicht behagte, dann stellte er sich auf der Fuhre auf, streckte die Schnauze in die Luft und heulte ärger als ein Wolf.

»Nun will ich dir erzählen, Grim, mein Hund«, sagte Torarin, »dass ich heute große Neuigkeiten gehört habe. Sowohl

193

in Kunghäll als in Kareby sagten sie mir, dass das Meer zugefroren sei. Es gibt jetzt zwischen den Schären keinen Weg für Boote und Schiffe, da ist überall nur starkes hartes Eis, und man kann nun mit Schlitten und Pferd bis hinaus nach Marstrand und zur Paternosterschäre fahren.«

»Wir haben nicht mehr sonderlich viel Fische hier auf der Fuhre übrig«, sagte Torarin gleichsam überredend. »Was würdest du nun dazu sagen, wenn wir bei der nächsten Wegscheide einbögen und nach Westen zum Meere führen? Wir fahren an der Solberger Kirche vorbei und hinunter nach Ödmalsskil, und dann glaube ich nicht, dass es viel mehr als fünfviertel Meilen Wegs nach Marstrand sind. Es wäre doch eine schöne Sache, einmal heimkommen zu können, ohne Boot oder Fähre zu benutzen.«

Sie fuhren über die lange Karebyer Heide, und obgleich den ganzen Tag ruhiges Wetter gewesen war, kam jetzt ein kalter Lufthauch über die Heide gestrichen und machte die Fahrt unbehaglich.

»Es mag weichlich aussehen, dass wir so mitten in der besten Arbeitszeit heimfahren«, sagte Torarin und schlug der Kälte wegen mit den Armen um sich. »Aber wir sind nun doch viele Wochen unterwegs gewesen, du und ich, und können es gut brauchen, ein paar Tage daheim zu sitzen und die Kälte aus dem Körper auszutreiben.«

Da der Hund noch immer still dalag, schien Torarin seiner Sache sicherer zu werden, und er fuhr in zuversichtlicherem Tone fort:

»Nun hat Mutter viele, viele Tage einsam daheim in der Hütte gesessen. Sie sehnt sich wohl danach, uns wiederzusehen. Und in Marstrand geht es nun im Winter hoch her. Straßen und Gässchen, Grim, sind voll von fremden Fischern und

Kaufleuten. In den Seeschuppen gibt es jeden Abend Tanz. Und das viele Bier, das in den Schenken fließt! Das kannst du dir gar nicht denken.«

Als Torarin dies sagte, beugte er sich zu dem Hunde hinab, um zu sehen, ob er auf das hörte, was er zu ihm sprach.

Aber da der Hund ganz wach dalag und kein Zeichen des Missvergnügens gab, bog Torarin in den ersten Weg ein, der nach Westen zum Meere führte. Er knallte mit der Peitsche und ließ das Pferd rasch traben.

»Da wir am Solberger Pfarrhof vorbeikommen«, sagte Torarin, »werde ich wohl dort vorsprechen und fragen, ob es sicher ist, dass das Eis bis nach Marstrand trägt. Dort müssen sie wohl darüber Bescheid wissen.«

Torarin hatte dies mit leiser Stimme gesagt, ohne daran zu denken, ob der Hund ihn hörte oder nicht. Aber kaum waren die Worte gesprochen, als der Hund sich auf der Fuhre aufstellte und ein entsetzliches Geheul ausstieß.

Das Pferd machte einen Sprung zur Seite, und auch Torarin erschrak und drehte sich um, um zu sehen, ob ihm Wölfe nachjagten. Aber als er merkte, dass es Grim war, der so heulte, versuchte er ihn zu beruhigen.

»Lieber«, sagte er zu ihm, »wie viele Male sind wir, du und ich, im Pfarrhof von Solberga eingekehrt. Ich kann ja nicht sagen, ob Herr Arne weiß, wie es mit dem Eise steht, aber das weiß ich sicher, dass er uns ein gutes Abendbrot vorsetzt, ehe wir unsere Seereise antreten.«

Doch seine Worte vermochten den Hund nicht zu beschwichtigen. Er richtete die Schnauze empor und heulte immer furchtbarer.

Da fehlte nicht viel, dass es Torarin unheimlich zumute geworden wäre. Es war nun beinahe dunkel geworden, aber

Torarin konnte doch die Kirche von Solberga sehen und die weite Ebene ringsherum, die nach der Landseite von breiten bewaldeten Höhen geschützt dalag, und von runden nackten Felsenklippen nach dem Meere zu. Wie er da ganz mutterseelenallein über die weite weiße Ebene fuhr, kam er sich wie ein ganz geringes und kleines Gewürm vor, aber von den dunklen Wäldern und den öden Felsenklippen rückten große Ungeheuer und Trolle aller Art an, die sich nach Anbruch der Dunkelheit hinaus ins Land wagten. Und auf der ganzen Ebene gab es sonst niemand, auf den sie sich stürzen konnten, als den armen Torarin.

Aber zu gleicher Zeit versuchte er den Hund zu beruhigen.

»Lieber, was hast du gegen Herrn Arne? Er ist der reichste Mann im Lande. Er ist aus hohem Geschlecht, und wäre er nicht Geistlicher, so würde er ein mächtiger Anführer geworden sein.«

Aber damit konnte er den Hund nicht zum Schweigen bringen. Da riss Torarin die Geduld, so dass er den Hund beim Nackenfell packte und ihn vom Wagen hinunterwarf.

Der Hund lief ihm nicht nach, als er weiterfuhr, sondern blieb auf dem Wege stehen und heulte, bis Torarin durch ein dunkles Tor einfuhr und in den Hof des Pfarrhauses kam, der von vier langen niedrigen Holzbauten eingeschlossen wurde.

Im Pfarrhof von Solberga saß der Pfarrer, Herr Arne, und aß sein Abendbrot im Kreise aller seiner Hausgenossen. Es war kein Fremder zugegen außer Torarin.

Der Pfarrer war ein alter, weißhaariger Mann, aber er war doch noch kräftig und hoch. Er hatte seine Gattin neben sich sitzen. Ihr hatten die Jahre übel mitgespielt. Ihr Kopf und ihre Hände zitterten, und sie war beinahe taub. An Herrn Arnes anderer Seite saß der Hilfspfarrer. Er war jung und bleich und hatte ein bekümmertes Aussehen, so als ob er alle die Gelehrsamkeit nicht tragen könnte, die er während seines Studienjahres in Wittenberg eingesammelt hatte.

Diese drei saßen zuoberst am Tische, gleichsam ein wenig für sich. Nach ihnen kam Torarin, und dann die Diener. Diese waren auch alte Leute. Da waren drei Knechte, sie hatten Kahlköpfe, ihre Rücken waren gebeugt, und die Augen zwinkerten und tränten. Der Mägde waren nicht mehr als zwei. Sie waren etwas jünger und rüstiger als die Knechte, aber sie schienen doch hinfällig und voller Altersgebresten.

Am allerweitesten unten am Tische saßen zwei Kinder. Das eine war Herrn Arnes Sohnestochter, sie zählte nicht mehr als vierzehn Jahre. Sie war blondhaarig und zartgliedrig, das Gesicht war noch nicht recht fertig, aber sie sah aus, als würde sie lieblich werden. Sie hatte ein anderes kleines Jüngferchen neben sich. Das war eine arme vater- und mutterlose Waise, die immer im Pfarrhof lebte. Die beiden saßen dicht aneinandergeschmiegt auf der Bank, und es hatte den Anschein, als ob große Freundschaft zwischen ihnen herrschte.

Alle diese Leute saßen da und aßen im tiefsten Schweigen. Torarin sah vom einen zum andern, aber keiner hatte Lust, während der Mahlzeit zu sprechen.

Alle die Alten dachten bei sich: Es ist eine große Sache, sein Essen zu haben und nicht Not leiden oder hungern zu müssen, wie wir es in unserm Leben oftmals mussten. Während wir essen, dürfen wir an nichts anderes denken als daran, Gott für seine Güte zu danken.

Da Torarin niemand hatte, mit dem er reden konnte, wanderten seine Blicke das Zimmer hinauf und hinab. Er ließ die Augen von dem großen Ofen, der in vielen Geschossen unten von der Eingangstüre hinaufgemauert war, zu dem großen Himmelbette schweifen, das in der entferntesten Ecke des Zimmers stand. Er blickte von den wandfesten Bänken, die rings um die Stube liefen, hinauf zum Windfang an der Decke, durch den der Rauch hinauszog und die Winterkälte hereinströmte.

Als Torarin, der Fischkrämer, der in der kleinsten und ärmlichsten Hütte der Schären hauste, dies alles sah, dachte er: Wenn ich ein großer Herr wäre wie Herr Arne, dann würde ich mich nicht damit begnügen, in einer uralten Hütte mit einer einzigen Stube zu wohnen. Ich würde mir ein Haus bauen mit Giebeln und vielen Gemächern, so wie der Bürgermeister und die Ratsmänner in Marstrand es tun.

Aber am häufigsten heftete Torarin seine Blicke auf eine große Eichentruhe, die zu Füßen des Himmelbettes stand. Er sah sie so oft an, weil er wusste, dass Herr Arne darin all sein Silbergeld verwahrte, und er hatte gehört, es wäre so viel, dass es die Truhe bis hinauf zum Rande füllte.

Und Torarin, der so arm war, dass er fast nie einen Silberling in der Tasche hatte, sagte zu sich selbst: Ich möchte dieses Geld dennoch nicht haben. Man sagt, Herr Arne hätte es aus den großen Klöstern genommen, die früher einmal hier im Lande waren, und die alten Mönche hätten prophezeit, dass dieses Geld ihn ins Unglück stürzen würde.

Als Torarin eben in diesen Gedanken dasaß, sah er, wie die alte Hausmutter die Hand an das Ohr hielt, um besser zu hören. Hierauf wandte sie sich an Herrn Arne und fragte ihn: »Warum schleifen sie Messer auf Branehög?«

Es war eine so tiefe Stille im Zimmer, dass alle zusammenzuckten und erschrocken aufblickten, als die alte Frau dies fragte. Als sie sahen, dass sie dasaß und auf etwas horchte, hielten sie ihre Milchlöffel still und strengten sich an, um zu hören.

Eine Weile war es ganz totenstill in der Stube, aber dabei wurde die alte Frau immer unruhiger und unruhiger. Sie legte die Hand auf Herrn Arnes Arm und fragte ihn: »Ich weiß nicht, warum sie heute Abend auf Branehög so lange Messer schleifen?«

Torarin sah, dass Herr Arne ihr über die Hand strich, um sie zu beruhigen. Aber er dachte nicht daran, zu antworten, sondern aß ruhig wie zuvor weiter.

Die alte Frau saß noch immer da und horchte. Vor Angst traten ihr Tränen in die Augen, und ihre Hände und ihr Kopf zitterten immer heftiger.

Da begannen die beiden kleinen Jüngferchen, die am Tischende saßen, vor Angst zu weinen.

»Könnt ihr nicht hören, wie es scharrt und kratzt?«, fragte die Alte. »Könnt ihr nicht hören, wie es zischt und knirscht?«

Herr Arne saß still und streichelte seiner Frau die Hand. Solange er schwieg, wagte niemand sonst ein Wort zu äußern.

Aber alle glaubten, dass die alte Hausmutter etwas höre, was entsetzlich und unheilbringend sei. Alle fühlten, wie das Blut in ihren Adern erstarrte. Es saß niemand am Tische, der noch einen Bissen zum Munde führte, außer dem alten Herrn Arne selbst.

Sie dachten daran, dass die alte Hausmutter es war, die durch viele Jahre Sorge für das Haus getragen hatte. Sie war immer daheim auf dem Hofe geblieben und hatte mit Klugheit und Fürsorglichkeit über Kinder und Gesinde, über Hab und Gut und Viehstand gewacht, so dass alles gedieh. Nun war sie abgearbeitet und steinalt, aber es war doch gewiss, dass sie es vor allen anderen merken würde, wenn dem Hofe Gefahr drohte.

Die alte Frau wurde immer ängstlicher und ängstlicher. Sie faltete die Hände, und in ihrer Hilflosigkeit begann sie so bitterlich zu weinen, dass große Tränen über die verschrumpften Wangen rollten.

»Fragst du gar nicht danach, Arne Arneson, dass mir so bange ist?«, klagte sie.

Herr Arne beugte sich nun zu ihr hinab und sagte: »Ich weiß nicht, wovor du dich fürchtest.«

»Ich fürchte mich vor den langen Messern, die sie auf Branehög schleifen«, sagte sie.

»Wie kannst du hören, dass sie auf Branehög Messer schleifen?«, sagte Herr Arne und lachte. »Der Hof liegt ja eine Viertelmeile Wegs von hier. Nimm nur wieder den Löffel zur Hand und lass uns unser Abendbrot beenden.«

Die Alte versuchte, ihr Entsetzen zu unterdrücken. Sie nahm den Löffel und steckte ihn in die Milchschale, aber dabei zitterte ihre Hand so, dass alle hörten, wie der Löffel an den Rand schlug. Sie legte ihn gleich zurück. »Wie kann ich essen?«, sagte sie. »Höre ich denn nicht, wie es knirscht? Höre ich denn nicht, wie es feilt?«

Im selben Augenblicke schob Herr Arne den Milchnapf von sich und faltete die Hände. Alle anderen taten ein Gleiches, und der Hilfsgeistliche begann das Tischgebet zu sprechen.

Als dieses beendet war, sah Herr Arne zu denen hinunter, die unten am Tische saßen, und als er merkte, dass sie bleich und erschrocken aussahen, wurde er zornig.

Er fing mit ihnen von den Zeiten zu sprechen an, als er eben nach Bohuslän gekommen war, um die lutherische Lehre zu predigen. Da hatten er und seine Diener vor den Päpstlichen fliehen müssen wie gehetzte wilde Tiere. »Haben wir nicht unsere Feinde im Hinterhalt auf uns lauern sehen, wenn wir in das Haus Gottes zogen? Waren wir nicht aus dem Pfarrhof vertrieben, und haben wir nicht gleich Friedlosen in den Wald ziehen müssen? Steht es uns an, eines bösen Omens wegen den Mut zu verlieren und zu verzweifeln?«

Wie Herr Arne so sprach, sah er aus wie ein Recke, und die anderen fassten frischen Mut, als sie ihn hörten.

Das ist ja wahr, dachten sie. Gott hat Herrn Arne in den größten Gefahren beschützt. Er hält seine Hand über ihn. Er lässt seinen Diener nicht untergehen.

Als Torarin auf die Straße hinausfuhr, kam ihm sein Hund Grim entgegen und sprang auf die Fuhre hinauf. Als Torarin sah, dass der Hund vor dem Pfarrhof gewartet hatte, wurde er aufs neue unruhig. »Lieber, warum stehst du den ganzen Abend hier unterm Tore? Warum gehst du nicht in die Hütte und lässt dir einen Abendimbiss geben?«, sagte er zum Hunde. »Kann Herrn Arne etwas Böses bevorstehen? Vielleicht habe ich ihn zum letzten Mal gesehen. Aber auch ein solcher Recke wie er muss wohl einmal sterben. Er ist nun wohl an die neunzig Jahre alt.«

Er lenkte das Pferd auf einen Weg, der an dem Hofe Branehög vorbei hinab nach Ödmalsskil führte.

Als er nach Branehög kam, sah er, dass Schlitten auf dem Hofe standen und ein Lichtschein durch die verschlossenen Fensterläden drang.

Da sagte Torarin zu Grim: »Hier sind die Leute noch auf. Ich will hineinfahren und fragen, ob sie heute Abend hier im Hause Messer geschliffen haben.«

Er fuhr in den Hof, aber als er die Tür zur Stube öffnete, sah er, dass darinnen ein Gastmahl abgehalten wurde. Auf den

Bänken, den Wänden entlang, saßen alte Männer und tranken Bier, und auf der Diele gingen die Jungen umher und spielten und tanzten.

Torarin sah sogleich, dass hier niemand daran dachte, seine Waffen zu blutiger Tat zu bereiten. Er schlug die Türe wieder zu und wollte seiner Wege gehen, aber der Herr des Hauses kam ihm nach. Er bat Torarin, zu bleiben, da er nun einmal gekommen wäre, und zog ihn mit hinein in die Stube.

Torarin saß eine gute Weile in großem Behagen da und plauderte mit den Bauern. Sie waren sehr aufgeräumt, und Torarin war es zufrieden, sich alle düsteren Gedanken aus dem Sinne zu schlagen.

Aber Torarin war nicht der Einzige, der an diesem Abend spät zum Gastmahl kam. Lange nachher traten ein Mann und eine Frau zur Türe herein. Sie waren dürftig gekleidet, und sie blieben verzagt in der Ecke zwischen der Tür und dem Herde stehen.

Der Wirt ging sogleich zu den beiden Gästen hin. Er nahm sie beide bei der Hand und führte sie hinauf in die Stube. Dann sagte er zu den Übrigen: »Ist es nicht wahr, was man sagt: die, die den kürzesten Weg haben, kommen am spätesten ans Ziel? Dies sind meine nächsten Nachbarn. Es gibt keine anderen Ansiedler hier in Branehög als sie und mich.«

»Sage lieber gleich, dass es keine gibt außer dir«, sagte der Mann. »Du kannst mich nicht einen Ansiedler nennen. Ich bin nur ein armer Köhler, den du auf deinem Boden bauen ließest.«

Der Mann setzte sich neben Torarin, und sie begannen miteinander zu sprechen. Der neue Ankömmling erzählte Torarin, warum er so spät zum Gastmahl käme. Das wäre, weil sie daheim in ihrer Hütte einen Besuch gehabt hätten, den sie nicht allein zu lassen wagten. Es wären drei Gerbergesellen, die den ganzen Tag bei ihnen verbracht hätten. Am Morgen, als sie gekommen wären, wären sie ermattet und krank gewesen. Sie hätten gesagt, sie seien eine ganze Woche im Walde umhergeirrt. Aber nachdem sie gegessen und geschlafen hätten, wären sie bald zu Kräften gekommen, und am Abend hätten sie gefragt, welches Gehöft das reichste und größte in der Gegend sei. Dorthin wollten sie gehen, um Arbeit zu suchen. Die Frau hätte ihnen geantwortet, dass der Pfarrhof, wo Herr Arne wohnte, das ansehnlichste Anwesen wäre. Da hätten sie alsogleich aus ihren Ränzeln lange Messer gezogen und angefangen, sie zu schleifen. Dies hätten sie eine gute Weile fortgesetzt, und dabei hätten sie so wild ausgesehen, dass der Köhler und sein Weib nicht gewagt hätten, das Haus zu verlassen. »Ich sehe sie noch vor mir, wie sie dasaßen und mit ihren Messern knirschten«, sagte der Mann. »Sie sahen furchtbar aus, sie hatten große Bärte, die sie so manchen Tag nicht gestutzt oder gepflegt hatten, und sie waren in zottige Fellröcke gekleidet, die zerfetzt und schmutzig waren. Ich glaubte, es seien zwei Werwölfe in die Stube gekommen. Ich war froh, als sie sich endlich trollten.«

Als Torarin dies hörte, erzählte er dem Köhler, was er selbst im Pfarrhof mitgemacht hatte.

»Also war es doch wahr, dass sie heute Abend in Branehög Messer schliffen«, sagte Torarin und lachte. Er hatte viel getrunken, weil er so traurig und bedrückt auf den Hof gekommen war. Und so hatte er denn versuchen müssen, sich zu trösten, so gut er konnte. »Nun bin ich wieder froh«, sagte er, »da ich jetzt weiß, dass die Pfarrersfrau kein anderes Vorzeichen gehört hat als ein paar Gerber, die ihre Werkzeuge in Ordnung brachten.«

Lange nach Mitternacht traten ein paar Männer aus der Stube auf Branehög, um ihre Pferde anzuschirren und heimzufahren.

Als sie auf den Hof kamen, sahen sie im Norden eine Feuersbrunst zum Himmel flackern. Sie eilten sogleich in die Stube zurück und riefen: »Stehet auf! Stehet auf! Der Pfarrhof von Solberga steht in Flammen!«

Es waren viele Leute bei dem Gastmahl, und wer ein Pferd hatte, schwang sich darauf und eilte zum Pfarrhof, aber beinahe ebenso rasch kamen die ans Ziel, die auf ihren eigenen flinken Füßen hinlaufen mussten. Als die Leute zum Pfarrhof kamen, schien da kein Mensch auf zu sein, sondern alle schienen zu schlafen, obgleich das Feuer hoch zum Himmel loderte.

Aber es war keines der Häuser, das brannte, sondern ein großer Haufen Reisig und Stroh und Holz, der an der Wand des alten Pfarrhauses aufgeschichtet war. Er konnte noch nicht lange gebrannt haben. Die Flammen hatten gerade nur das gute Zimmerholz der Wand geschwärzt und den Schnee auf dem Strohdache zum Schmelzen gebracht. Jetzt war jedoch das Stroh des Daches im Begriffe anzubrennen. Alle begriffen sogleich, dass dies ein Mordbrand war. Sie fingen zu zweifeln an, ob Herr Arne und seine Hausgenossen wirklich schliefen, oder ob ein Unglück sie getroffen hätte.

Aber bevor die Retter in das Haus drangen, wälzten sie mit langen Stangen den brennenden Scheiterhaufen von der Hauswand fort und kletterten auf das Dach und rissen das Stroh ab, das zu rauchen begonnen hatte und nahe daran war, Feuer zu fangen.

Dann gingen ein paar Männer auf die Haustüre zu, um einzutreten und Herrn Arne zu wecken, aber als der, der voranging, zur Schwelle kam, wich er zur Seite und ließ einem den Vortritt, der nach ihm kam.

Dieser machte einen Schritt vorwärts, aber als er die Hand nach dem Türgriff ausstrecken wollte, ging er zurück und machte jenen Platz, die hinter ihm standen.

Es deuchte sie eine grausige Tür, die da zu öffnen war; denn es kam ein breiter Blutstrom unter der Schwelle hervorgerieselt, und der Türgriff war mit Blut besudelt.

Da ging die Türe vor ihnen auf, und Herrn Arnes Hilfsgeistlicher kam heraus. Er taumelte auf die Männer zu, er hatte eine tiefe Wunde im Kopfe und war blutüberströmt. Er stand einen Augenblick aufrecht und reckte seine Hand empor, um Schweigen zu gebieten. Dann sagte er mit röchelnder Stimme:

»In dieser Nacht ist Herr Arne und sein ganzes Haus von drei Männern ermordet worden, die durch den Windfang des Daches hereingeklettert kamen und in zottige Felle gehüllt waren. Sie stürzten sich über uns her wie wilde Tiere und töteten uns.«

Mehr vermochte er nicht zu sagen. Er fiel vor den Füßen der Männer hin und war tot.

Nun traten die Leute in das Haus und fanden alles so, wie der Hilfspfarrer gesagt hatte.

Die große Eichentruhe, in der Herr Arne sein Geld verwahrte, war verschwunden, und Herrn Arnes Pferd war aus dem Stalle genommen, und sein Schlitten aus dem Schuppen.

Es führten Schlittenspuren vom Hofe über die Pfarrhofwiesen hinab zum Meere, und ein Dutzend Männer eilten davon, um die Mörder zu greifen. Aber die Frauen mühten sich um die Toten und trugen sie aus der bluttriefenden Stube hinaus in den reinen Schnee.

Da fand man nicht alle von Herrn Arnes Hausgenossen, sondern einer fehlte. Es war die arme Jungfrau, die Herr Arne in sein Haus aufgenommen hatte. Da herrschte große Verwunderung, ob es ihr vielleicht geglückt wäre, zu entfliehen, oder ob die Räuber sie mitgenommen hätten.

Aber als sie das ganze Haus genau durchsuchten, fanden sie sie zwischen dem großen Ofen und der Wand versteckt. Sie hatte sich während des Kampfes dort verborgen gehalten und war ganz unversehrt. Aber sie war vom Schrecken so mitgenommen, dass sie nicht Rede noch Antwort stehen konnte.

Die arme Jungfrau, die von dem Blutbade verschont geblieben war, hatte Torarin mit nach Marstrand genommen. Er hatte ein so großes Mitleid für sie gefasst, dass er ihr angeboten hatte, in seiner engen Hütte zu wohnen und Speise und Trank mit ihm und seiner Mutter zu teilen.

Dies ist das Einzige, was ich für Herrn Arne tun kann, dachte Torarin, zum Lohn für alle die vielen Male, wo er mir meine Fische abgekauft hat und mich an seinem Tische essen ließ.

So arm und gering ich auch bin, dachte Torarin, ist es doch besser für die Jungfrau, dass sie mit mir in die Stadt kommt, als wenn sie hier bei den Bauern bleibt. In Marstrand gibt es viele reiche Bürger, und die Jungfrau wird vielleicht bei einem von ihnen einen Dienst finden und so ihr gutes Auskommen haben.

In den ersten Tagen, nachdem die Jungfrau zur Stadt gekommen war, saß sie da und weinte vom Morgen bis zum Abend. Sie jammerte über Herrn Arne und sein Haus, und sie klagte, weil sie alle verloren hatte, die ihr nahestanden. Am meisten jedoch wehklagte sie über ihre Milchschwester und sagte, sie wünschte, sie hätte sich nicht an der Mauer versteckt, so dass sie ihr in den Tod hätte folgen können.

Torarins Mutter sagte nichts dazu, solange der Sohn daheim war. Aber als er wieder seine Fahrt angetreten hatte, sagte sie eines Morgens zu der Jungfrau:

»Ich bin nicht so reich, Elsalill, dass ich dir Nahrung und Kleidung geben kann, damit du hier mit den Händen im Schoße sitzest und deinen Kummer hütest. Komm du mit mir hinunter auf die Brücken und lerne Fische reinigen!«

Da ging Elsalill mit ihr hinunter auf die Brücken und stand den ganzen Tag unter den anderen Fischerinnen und arbeitete.

Aber die meisten Frauen auf den Brücken waren jung und frohgemut. Sie begannen mit Elsalill zu sprechen und fragten sie, warum sie so traurig und stumm wäre.

Da begann Elsalill ihnen zu erzählen, was für ein Abenteuer ihr vor nicht mehr als drei Nächten widerfahren war. Sie erzählte von den drei Räubern, die durch den Windfang des Daches in die Stube gedrungen waren und alle gemordet hatten, die ihr im Leben nahestanden.

Als Elsalill dies erzählte, fiel ein schwarzer Schatten auf den Tisch, an dem sie stand und arbeitete. Und als sie aufsah, standen vor ihr drei vornehme Herren, die breite Hüte mit großen Federn trugen und Samtkleider mit großen Puffen, die mit Seide und Gold bestickt waren.

Einer von ihnen schien der Vornehmste zu sein. Er war sehr bleich, sein Bart war geschoren, und die Augen lagen tief in ihren Höhlen. Es hatte den Anschein, als wäre er jüngst krank gewesen. Aber sonst sah er aus wie ein fröhlicher und kühner Kavalier, der auf den besonnten Brücken umherging, um die Leute seine schönen Kleider und sein schönes Gesicht sehen zu lassen. Elsalill hielt mit der Arbeit und mit der Erzählung inne. Sie stand mit offenem Munde und aufgerissenen Augen da und betrachtete ihn. Und er lächelte ihr zu.

»Wir sind nicht hergekommen, um dich zu erschrecken, Jungfrau«, sagte er, »und wir bitten dich, dass du auch uns gestattest, deiner Erzählung zu lauschen.«

Die arme Elsalill, niemals in ihrem ganzen Leben hatte sie einen solchen Mann gesehen. Sie vermeinte, vor ihm nicht sprechen zu können. Sie schwieg nur und sah hinunter auf ihre Arbeit.

Da begann der Fremde noch einmal: »Sei doch nicht bange, Jungfrau. Wir sind Schotten, die wohl an die zehn Jahre in den Diensten des Königs Johann von Schweden gestanden haben, aber jetzt haben wir Urlaub und wollen heimreisen. Wir sind nach Marstrand gekommen, um eine Fahrgelegenheit nach Schottland hinüber zu finden, aber als wir herkamen, lagen alle Sunde und Fjorde gefroren, und hier müssen wir nun bleiben und warten. Wir haben keinerlei Beschäftigung, und darum schlendern wir über die Brücken, um Leute zu treffen. Wir wären froh, Jungfrau, wenn du uns deine Geschichte hören ließest.«

Elsalill begriff, dass er so lange sprach, um ihr Zeit zu geben, ihre Fassung wiederzuerlangen. Endlich dachte sie bei sich selbst: Du musst doch wohl zeigen, dass du nicht zu gering bist, um mit einem hohen Herrn zu sprechen, Elsalill! Du bist doch eine Jungfrau von guter Geburt, und keine Fischerdirne!

»Ich sprach nur von dem großen Blutbade im Pfarrhofe von Solberga«, sagte Elsalill. »Es sind ihrer so viele, die davon zu erzählen wissen.«

»Ja«, sagte der Fremde, »aber ich wusste bis jetzt nicht, dass jemand von Herrn Arnes Leuten mit dem Leben davongekommen ist.«

Da erzählte Elsalill noch einmal von dem Eindringen der wilden Räuber. Sie erzählte, wie die alten Knechte sich um

Herrn Arne geschart hatten, um ihn zu schützen, und wie Herr Arne selbst sein Schwert von der Wand gerissen hatte und auf die Räuber eingedrungen war, die aber hatten sie alle besiegt. Und die alte Pfarrersfrau hatte das Schwert ihres Mannes aufgehoben und war auf die Räuber losgegangen, aber sie hatten sie nur ausgelacht und sie mit einem Holzscheit zu Boden geschlagen. Und alle die anderen Frauen hatten sich auf die Ofenmauer verkrochen, aber als die Männer tot waren, kamen die Mörder und rissen sie herunter und mordeten sie. »Die Letzte, die sie töteten«, sagte Elsalill, »war meine liebe Pflegeschwester. Sie bat so flehentlich um ihr Leben, und zwei von ihnen wollten es ihr schenken, aber der Dritte sagte, alle müssten sterben, und stach ihr sein Messer ins Herz.«

Solange Elsalill von Mord und Blut sprach, standen die drei Männer vor ihr still. Sie tauschten keinen Blick miteinander, aber ihre Ohren wurden gleichsam lang vom Horchen, und ihre Augen funkelten, und zuweilen öffneten sich ihre Lippen, so dass die Zahnreihen hervorleuchteten.

Elsalill stand da, die Augen voll Tränen, nicht ein einziges Mal sah sie auf, während sie sprach. Sie sah nicht, dass der Mann vor ihr Augen und Zähne hatte wie ein Wolf. Erst als sie zu Ende gesprochen hatte, trocknete sie ihre Tränen und sah zu ihm auf.

Doch als er Elsalills Augen begegnete, veränderte sich sein Gesicht alsogleich.

»Da du die Mörder so gut gesehen hast, Jungfrau«, sagte er, »hättest du sie wohl sogleich wiedererkannt, wenn du ihnen begegnet wärest?«

»Hab ich sie doch nicht anders gesehen als beim Schein der Kienspäne, die sie aus dem Herde rissen, um sich beim Morden zu leuchten«, sagte Elsalill, »aber dennoch würde ich sie mit Gottes Hilfe wohl wiedererkennen. Und ich bete alle Tage zu Gott, dass ich ihnen begegnen möchte.«

»Was meinst du damit, Jungfrau?«, fragte der Fremde. »Ist es nicht wahr, dass die mörderischen Wanderer tot sind?«

»Ja, das weiß ich wohl«, sagte Elsalill. »Die Bauern, die ihnen nachjagten, verfolgten ihre Spuren vom Pfarrhofe bis zu einer Wake im Eise. Bis dorthin sahen sie auf dem blanken Eisspiegel Spuren von Schlittenkufen, Spuren von Pferdehufen, Fußstapfen von Menschen, die harte, eisenbeschlagene Schuhe getragen hatten. Aber von der Wake führten keine Spuren weiter über das Eis, und darum glaubten die Bauern, dass alle tot wären.«

»Glaubst du, Elsalill, denn nicht, dass sie tot sind?«, fragte der Fremde.

»Doch, ich glaube wohl, dass sie ertrunken sind«, sagte Elsalill, »und dennoch bete ich jeden Tag zu Gott, dass sie entronnen sein möchten. Ich spreche so zu Gott: Lass es so sein, dass sie nur mit Pferd und Schlitten in die Wacke gefahren, dass sie selbst aber davongekommen sein möchten.«

»Warum wolltest du das, Elsalill?«, fragte der Fremde.

Das zarte Mägdlein Elsalill, das warf den Kopf zurück, und ihre Augen leuchteten: »Ich wollte wohl, dass sie lebten, damit ich sie ausfindig machen und greifen könnte. Ich wollte, dass sie lebten, damit ich ihnen das Herz aus der Brust reißen könnte. Ich wollte, dass sie lebten, damit ich ihren Leib in vier Teile zerstückelt auf das Rad geflochten sähe.«

»Wie wolltest du dies alles bewerkstelligen?«, sagte der Fremde. »Du bist ja nur so ein schwaches, kleines Jungfräulein.«

»Wenn sie lebten«, sagte Elsalill, »dann würde ich sie schon der Strafe zuführen. Lieber wollte ich selbst in den Tod gehen, als sie entrinnen lassen. Sie mögen wohl stark und gewaltig sein, das weiß ich, aber mir würden sie nicht entrinnen können.«

Da lächelte der Fremde, aber Elsalill stampfte mit dem Fuße.

»Wenn sie lebten, dann würde ich dessen wohl eingedenk sein, dass sie mir mein Heim genommen haben, so dass ich jetzt eine arme Dirne bin, die auf der kalten Brücke stehen und Fische schuppen muss. Ich würde mich dessen erinnern, dass sie alle getötet haben, die mir nahestanden. Und besonders würde ich mich seiner erinnern, der meine Milchschwester von der Mauer herunterzerrte und sie mordete, die mir so hold gesinnt war.«

Aber als die kleine zarte Jungfrau so großen Zorn zeigte, da begannen die drei schottischen Kriegsleute zu lachen. Sie waren so lachlustig, dass sie ihrer Wege gingen, damit Elsalill keinen Anstoß daran nähme. Sie gingen über den Hafen ein enges Gässchen hinauf, das zum Marktplatz führte. Aber noch lange, nachdem sie verschwunden waren, hörte Elsalill, wie sie aus vollem Halse lachten, höhnisch und gellend.

DIE AUTORINNEN

Annabelle Hirsch wurde in Wiesbaden geboren und wuchs in München auf. Die Deutsch-Französin ist ein Fan von Gothic Novels aus dem 19. und frühen 20. Jahrhundert. Ihre liebste ist *The Yellow Wallpaper* von Charlotte Perkins Gilman. Der weibliche Wahnsinn, das Abgleiten und das Verschwinden interessieren Hirsch sehr; und all das thematisiert sie auch in ihrer hier vorliegenden Geschichte *Das Aquarium*. Die spielt in der Bretagne, der Heimat der Großmutter der Autorin. Für Hirsch ist diese Gegend mystisch, auf ihre Art sehr schön, manchmal sogar fast lieblich. Und doch hat sie stets das Gefühl, als lodere etwas sehr Raues, manchmal Brutales und fast Makaberes unter der Oberfläche. Annabelle Hirsch schreibt für die FAZ, FAS, übersetzt Romane und lebt zwischen Rom und Berlin.

Tatjana Kruse wurde in Kirchheim geboren und wuchs in Schwäbisch Hall auf. Sie schreibt vor allem Kriminalromane, schätzt aber auch gute Horrorgeschichten. Kruse ist der Ansicht, dass Frauen für das Horrorgenre schon immer eine wichtige Rolle gespielt haben; traditionell allerdings nur, um sie zu Opfern oder zu durchgeknallten Monstern zu machen. Wer sich dann aber wie Kruse etwas intensiver mit dem Genre beschäftigt, sieht: Frauen sind im Horror stark vertreten, als Konsumentinnen, aber auch als kreative Köpfe dahinter. Was laut Kruse womöglich daran liegt, dass sie alles selbst erlebt haben – die Versuche, sie zu Monstern zu stempeln, aber auch die dunkle Seite in ihnen, die meistens schläft, doch manchmal ihr Haupt aus dem sumpfigen Grund erhebt ... Zuletzt erschien im Insel Verlag Tatjana Kruses Kriminalroman *Manche mögen's tot*.

Ellen Dunne wurde in Salzburg geboren. Zu ihrem vierzehnten Geburtstag bekam sie von ihrem großen Bruder *Es* geschenkt, ihren ersten Stephen-King-Roman; seitdem ist sie ein Fan seiner Horrorliteratur, seiner Figurenzeichnung, dem langsamen Einbrechen des Horrors in den normalen Alltag – und natürlich seiner Spukhäuser! Ihre Wahlheimat Irland ist für solche Vorlieben ideal. Es gibt noch immer eine Menge verlassener Häuser und Ruinen. Eines davon, das gleich in Dunnes Nachbarschaft stand und vor dem sie sich beim nächtlichen Heimkommen regelmäßig besonders gruselte, war das reale Vorbild zu der hier vorliegenden Geschichte. Es wurde inzwischen abgerissen und durch einen Neubau ersetzt: So ist *Beste Lage* ihr Denkmal für das alte Farmhaus, in dem ebenfalls ein verblichenes Poster von Miss Piggy innen an der Eingangstür hing. Zuletzt erschienen im Insel Verlag Ellen Dunnes Kriminalromane mit der Ermittlerin Patsy Logan.

Ilke S. Prick wurde in Niedersachsen geboren. Ihre Geschichte *Dinner for one* erschien in der Originalfassung 1997 im Konkursbuchverlag. Nachdem der letzte Satz geschrieben war, verschloss die Autorin über Nacht ihr Arbeitszimmer, denn insgeheim fürchtete sie, dass Rüdiger, ihr Protagonist, sich heimlich mit einem Messer aus dem Computer schleichen und leibhaftig vor ihr stehen könnte. Darum war dies auch vorerst die letzte Gruselgeschichte, die sie schrieb. In der Überarbeitung des Dinners für *Der schwarze Sog* änderte Ilke S. Prick nun Namen und Geschlecht der Hauptfigur und war überrascht, dass ihr Rita, die hier Rüdiger ersetzt, beinahe sympathisch war. Und darum auch ein anderes Ende nehmen durfte. Ilke S. Prick lebt heute in Berlin und schreibt vor allem Jugendbücher, Romane für Erwachsene und Radiogeschichten für Kinder.

Für **Claire Beyer**, die im Allgäu geboren wurde und in Baden-Württemberg lebt, war es eine Freude, in ihrer hier vorliegenden Geschichte *Der Fahrstuhl* tief verborgenen Ängsten und Emotionen einmal konkret Gestalt geben zu können. »Wie gestrandete Mönche ohne Gesicht in einer Krypta« – so erlebt ihr zunächst noch relativ unbekümmerter Autor die Protagonisten seiner beängstigenden Situation. Ob sich das auf tatsächlich Erlebtes oder auf die Angst vor den leeren Seiten eines neuen Romans bezieht, ist dabei nicht entscheidend. Den Impuls zu der Fahrstuhlgeschichte gab übrigens ein reales Erlebnis: Claire Beyer fuhr mit ihrer Enkeltochter in einem Aufzug nach unten, und deren sorgenvolle Bemerkung »Und wenn er nicht anhält?« ließ Beyer nicht mehr los.

Paulina Czienskowski, geboren in Berlin, ist freie Journalistin und Autorin. Sie studierte Germanistik und Kunstgeschichte und lebte in Paris und in den USA, bevor sie für ein Volontariat zurück nach Berlin kehrte. In ihrer Arbeit, so auch in der hier vorliegenden Geschichte *Mutter, Vater, Kind*, versucht sie, dem Subtilen, Unsichtbaren Raum zu geben. Zuletzt erschien im Blumenbar-Verlag Czienskowskis Roman *Taubenleben*. 2021 erscheinen ihr erstes Hörspiel für *Deutschlandfunk Kultur* sowie im Korbinian Verlag ihre neue Erzählung *Sich erinnern, man selbst zu sein*. Paulina Czienskowski lebt in Berlin.

Almut Pape wurde in Carcassonne in Frankreich geboren, heute lebt sie als Dramaturgin und freie Künstlerin in Berlin. Bei einem Besuch auf Usedom stieß sie auf die Geschichte der »Bernsteinhexe«: 1630 gab es auf Usedom eine junge Frau, die Bernstein sammelte und verkaufte. Mit dem Erlös half sie dort den Bewohner*innen der Gemeinde Koserow in einer Hungersnot; was die allerdings später nicht davon abhalten sollte, sie als Hexe auf dem Scheiterhaufen zu verbrennen. Die Geschichte stellte sich bei Papes Recherche als reine Mythologie heraus, ähnliche Fälle gab es auf Usedom aber sehr wohl. Seitdem lässt Almut Pape die Frage nicht mehr los: Was bewegt eine Gemeinschaft dazu, eine Frau aus ihrer Mitte zu verbrennen? Papes vorliegender Beitrag *Das Huhn* ist ihrem aktuellen Romanprojekt entnommen.

Kristin Rübesamen wurde in München geboren. Als Schulmädchen war sie diejenige, die auf Klassenreisen die Horrorgeschichten erzählte. Später studierte die dann Deutsche und Russische Literatur, arbeitete als Journalistin, lebte in New York und London und verfasste mehrere Romane. Wie die Protagonistin ihrer hier vorliegenden Geschichte *Die Hütte* übernachtet auch Rübesamen regelmäßig mutterseelenallein im Wald. Warum? Wenn man vor etwas sehr große Angst hat, so ihre Überzeugung, sollte man sich ihm erst recht stellen. Ansonsten wohnt Kristin Rübesamen mit allergrößter Freude in der Sicherheit Berlins. Zuletzt erschien von ihr im Blumenbar-Verlag der Roman *Außer Atem*.

Eva Sichelschmidt wurde am Rand des Ruhrgebiet geboren, zog aber wenige Monate vor dem Mauerfall um nach Berlin, also rechtzeitig, um die Wiedervereinigung mitzuerleben. Sie arbeitete beim Film und bei der Oper, eröffnete schließlich ein Geschäft für Whiskey und Zigarren. Parallel dazu verfasst sie heute Bücher und Geschichten und liebt es besonders, skurrile Momente und Absurditäten aus dem Beziehungsalltag einzufangen sowie den ewigen Kampf der Geschlechter zu thematisieren. Dass dieser subtile Horrorelemente aufweisen kann, liest man in ihrer hier vorliegenden Geschichte *Besprochene Sache*. Nach ihrem Debüt *Die Ruhe weg* erschien 2020 bei Rowohlt Sichelschmidts zweiter Roman, *Bis wieder einer weint*. Aktuell arbeitet sie an ihrem dritten Roman. Eva Sichelschmidt lebt abwechselnd in Rom und in Berlin.

Bettina Wündrich wurde in Stuttgart geboren. Sie war schon als Kind fasziniert vom schwarzen Humor, den subtilen Horrorgeschichten des britischen Schriftstellers Roald Dahl: Dessen Kurzgeschichtenband *Küsschen Küsschen* entdeckte Wündrich im Bücherschrank ihrer Eltern, als sie einmal wegen Masern das Bett hüten musste. Roald Dahls Vorliebe für plötzliche, makabre Plot Twists haben es ihr bis heute angetan. Dass Wündrich, die Vegetarierin ist, sich derzeit und auch in ihrer hier vorliegenden Geschichte *Wanderlust* so für Schweine interessiert, ist ihrem aktuellen Projekt geschuldet: Sie verfasst gerade die Biografie eines Schinkenproduzenten. Die Journalistin und Schriftstellerin lebt in Hamburg.

Miriam Stein wurde in Südkorea geboren und wuchs in Deutschland auf. Sie liebt die asiatischen Horrorfilme von Takashi Miike, Kim Jee-Woon und Park Chan-wook. Seit der Geburt ihres Sohnes kann sie bedauerlicherweise nicht mehr gucken, interessiert sich aber umso mehr für asiatische Mythen und Geister. Die paterlineare, konfuzianische Kultur belegt vorzugsweise Frauen mit Geister-Flüchen, besonders kinderlose und Waisenkinder ohne Familienstammbaum. Der »Gwisin«, also »Jungfrauengeist«, gehört zu den populärsten Inkarnationen, und in Miriam Steins hier vorliegender Geschichte *Geisterstadt* gibt sie einem dieser vom Patriarchat verfluchten weiblichen Geister eine Stimme. Zuletzt erschien von Miriam Stein bei Suhrkamp das Memoir *Das Fürchten verlernen*.

Karen »Tania« Blixen wurde 1885 in Rungstedlund bei Kopenhagen geboren. Sie wuchs wohlbehütet, allerdings auch unter dem Einfluss einer starren religiösen Erziehungsweise und Geisteshaltung auf. Ihr Vater, ein Offizier und Schriftsteller, erkrankte an Syphilis und beging Selbstmord, worunter die erst zehnjährige Karen sehr litt. Sie wurde Schriftstellerin, wie er. Ihre ersten Kurzgeschichten erschienen im Jahr 1907. Wenig später verliebte sie sich in den schwedischen Baron Hans von Blixen-Finecke, mit dem sie nach Kenia auswanderte. Siebzehn Jahre lang betrieben sie zwei Kaffeefarmen in Kenia; *Jenseits von Afrika* setzte dieser Phase ein filmisches Denkmal. Karen Blixen hatte diverse Pseudonyme. In Deutschland erschienen ihre Erzählungen häufig unter dem Namen Tania Blixen, im englischsprachigen Raum unter dem Pseudonym Isak Dinesen; so auch die Geschichte *Der Affe*, die hier in gekürzter Fassung vorliegt und das erste Mal 1934 in dem Konglomerat *Seven Gothic Tales* in England erschien. Karen Blixen starb im Jahr 1962 dort, wo sie geboren wurde.

Selma Lagerlöf wurde 1858 in der heutigen Gemeinde Sunne in Värmland, Schweden, geboren. Die Nobelpreisträgerin ist eine der berühmtesten Schriftstellerinnen Schwedens, ihre Werke zählen zur Weltliteratur. Eines ihrer populärsten Bücher ist *Die wunderbare Reise des kleinen Nils Holgersson mit den Wildgänsen*. Neben Kinderbüchern und Heimatliteratur hatte Lagerlöf jedoch auch eine Vorliebe für Spukgeschichten. Die hier in gekürzter Fassung vorliegende Geschichte *Herrn Arnes Schatz* verfasste sie im Jahr 1904, in einer Pause an der Arbeit zu Nils *Holgersson*. Sie geht vermutlich auf einen grausamen Raubmord in der damals noch dänischen Provinz Bohuslän im 16. Jahrhundert zurück. 1940 starb Selma Lagerlöf dort, wo sie geboren wurde.

QUELLENVERZEICHNIS

Das Aquarium
Originalbeitrag. © Annabelle Hirsch. Abdruck mit freundlicher Genehmigung der Autorin.

Sil-ben-tren-nung
Originalbeitrag. © Tatjana Kruse. Abdruck mit freundlicher Genehmigung der Autorin.

Beste Lage
Originalbeitrag. © Ellen Dunne. Abdruck mit freundlicher Genehmigung der Autorin.

Dinner for one
© Ilke S. Prick. Die Originalversion erschien im *Konkursbuch 33 – Blut*, konkursbuchverlag, Claudia Gehrke, Tübingen 1997.

Der Fahrstuhl
Originalbeitrag. © Claire Beyer. Abdruck mit freundlicher Genehmigung der Autorin.

Mutter, Vater, Kind
Originalbeitrag. © Paulina Czienskowski. Abdruck mit freundlicher Genehmigung der Autorin.

Das Huhn
Originalbeitrag. © Almut Pape. Abdruck mit freundlicher Genehmigung der Autorin.